沈黙

日吉信貴訳

The Silence

沈黙

水声社

フィクションの楽しみ

バーバラ・ベネットに

第三次世界大戦がいかなる兵器による戦いになるかは分かりませんが、
第四次世界大戦は棍棒と石での戦いということになるでしょう。

——アルベルト・アインシュタイン

第一部

—1—

言葉、文、数字、目的地までの距離。

男がボタンに触れると、座席は垂直の状態から後ろに動いていった。彼は自分が、頭上の荷物入れのすぐ下にある、一番近い小型画面を見上げているのに気づいた。飛行機が進むごとに言葉と数字が変わっていく。高度、外気温、速度、到着時刻。彼は眠りたかったが、見続けていた。

パリ時間《ウーラ・パリ》、ロンドン時間《ウーラ・ロンドン》。

「見てくれ」彼は言った。女はわずかに頷くも、小さな青いノートに書き込み続けていた。彼は言葉と数字を声に出して読み上げ始めた。だがそれは、自らの精神状態と航空機による二重のざわめきの中、入れ替わり続ける詳細な情報を追い払うためだけにそうしているのだとしたら、そんなことをしたところでまったく無意味だし何の効果もなかったからだ。

「よし。高度三万三千二フィート。細かいし正確だ」彼は言った。「外気温《テンペラチュール・エクステリウール》セ氏マイナス五十八度」

彼はいったん黙り、女がセルシウスと言うのを待ったが、彼女の方は目の前の折りたたみ式テーブルに置いたノートを見つめ、さらに書き続けるためにじっくりと考え込んでいた。

「よし。ニューヨーク時間十二時五十五分。午前か午後かの表記はなし。だからって俺たちが知らなくていいわけじゃないが」

肝心なのは睡眠だった。彼は眠る必要があった。しかし言葉と数字は押し寄せ続けた。

「到着時刻十六時三十二分。速度時速四百七十一マイル。目的地までの時間、三時間三十四分」

「メインディッシュのことを思い出してるの」彼女は言った。「クランベリーシャンパンカクテルのこともね」

「注文しなかったじゃないか」

「気取りすぎな気がしたの。でも後で出るスコーンが楽しみだわ」

彼女は話すと同時に書いてもいた。

「単語を正確に発音するのが好きなの」彼女は言った。「短いO《オー》の文字をね。スコーットや速足《トローット》と同じ音。それか、嘆き《モウン》と同じで、スコウンだったか？」

彼は彼女が書くのを見つめていた。自分が言うことや、俺たちの両方が言うことを書いているのだろうか？

彼女は言った。「セルシウス。頭文字の**セ**。誰かの名前だったわね。ファーストネームが思い出せない」

「よし。ヴィテスだったら。ヴィテスってどういう意味だい？」

「私はセルシウスと、彼の百分度測定がらみの業績のことを考えてるの」

「それにカ氏のファーレンハイトがいるよ」

「彼もね」

「ヴィテスってどういう意味だい？」

「何？」

「ヴィテスだよ」

「ヴィテス。速度のことよ」彼女は言った。

「速度《ヴィテス》。時速七百四十八**キロ**」

彼の名はジム・クリップス。だがこのフライトの間はずっと、その名前は座席番号に等しかった。これは彼にとっては搭乗券に記載された番号に従うという、いつも通りのことだった。

「スウェーデン人だったわ」彼女は言った。

「誰が？」

「セルシウス氏」

「こっそり携帯で調べたのか？」

「分かってるでしょ、こういうことがどんな風に起こるかって」

「記憶の深淵からすっと浮かび上がってくる。それでファーストネームまで出てきちまったら、俺はプレッシャーを感じることになるだろうね」

「どんなプレッシャー？」

「ファーレンハイト氏のファーストネームを言わないとっていう」

彼女は言った。「上空の画面に戻るのね」

「今回のフライトもさ。長時間のフライトは全部。この時間ずっと。退屈を通り越した深淵だよ」

「タブレットの電源を入れて映画でも見てなさい」

「話していたいんだよ。ヘッドフォンはしないで。二人とも話したがってるんだ」

「イヤフォンはせずにね」彼女は言った。「話し、そして書く」

浅黒い肌をした彼女はジムの妻テッサ・ベレンスで、カリブ海、ヨーロッパ、アジアの血を引き、文芸誌にたびたび作品が掲載される詩人だった。彼女はまた、オンライン上のお悩み相談ページを共同で運営しており、難聴から体の均整、痴呆症といったテーマについて、会員からの質問に答えるのに時間を割《さ》いていた。

空中というこの場所で、夫婦がお互いにかける言葉のほとんどは、何らかの自動化された工程内の一つの動作のように思われた。飛行機での移動それ自体の性質によって生まれる発言。アパートやレストランでのおしゃべりとはまったく違う。そこでは主要な動作は重力の制約を受けるが、話の方は好き勝手に弾む。海洋や広大な大地の上を移動する長い時間、絶えず文は刈り込まれ、いくらか自閉的となる。乗客も、パイロットも、客室乗務員も、飛行機が滑走路へと降り、空《あ》いた搭乗用通路《ジェットウェイ》にのろのろと向かい始めた瞬間、あらゆる言葉を忘れるのだ。

彼は夜中にベッドの中で、自分一人だけがそういったものを幾分かは覚えていると思っていたものだった。機内の毛布にくるまって死んだように眠る人々、ワインのおかわりを勧めてまわる長身の添乗員、フライトの終わりでシートベルトのサインが消える解放感、通路に立って待つ乗客、出口に立つ添乗員、ありがとうございましたと言っては上下する彼らの顔、百万マイルの笑顔。

「映画を探して、見てなさいよ」

「眠すぎる。目的地までの距離、千六百一マイル。ロンドン時間十八時〇四分。速度、時速四百六十五マイル。出てくるものは何でも読んでいるんだ。飛行時間《デュレ・デュ・ヴォル》三時間四十五分」

彼女は言った。「試合の時間は?」

「六時三十分キックオフ」

「時間通りに着くかしら？」

「画面の表示を読んだだろ？　到着時刻云々をさ」

「私たちはニューアークで降りるの。忘れないで」

試合なるもの。生まれ変わったら彼女も興味を持つかもしれない。フライトなるもの。

彼女は、間に挟まれるフライトという出来事なしに、自分の向かうところに行きたがった。

一体誰が長時間のフライトなど好むというのだ。明らかに、彼女はその誰かには入らなかった。

「パリ時間《ウーラ・パリ》十九時〇八分」彼は言った。「ロンドン時間《ウーラ・ロンドン》十八時〇八分。速度時速四百六十三マイル。一時間で二マイルだけ減速だな」

「分かったわ。何を書いてるのか教えてあげる。単純よ。私たちが見たうちのあるもの」

「何語で？」

「初歩的な英語で。雌牛が月の上まで飛ぶの」

「ノートだか手帳だかがあるじゃないか。山のようにさ」

「自分の文字で書かれたのを見る必要があるのよ。たぶん今から二十年後にでも。その時まだ生きていたらだけど。それで、失われてしまった自分らしさだったり、今の私には見えない何かだったりを見つけるの。二十年後でも十年後でも、私たちがまだ生きていたらだけど」

「暇を潰す。それもある」

「暇を潰す。倦怠を忍ぶ。それが生きるということ」

「よし。外気温《テンペラチュール・エクステリウール》カ氏マイナス五十七度」彼は言った。「俺は初級のフランス語発音に全力を尽くしてるよ。目的地までの距離千五百七十八マイル。車を手配しておくべきだった」

「タクシーに飛び乗るでしょ」

「こんだけ人がいるんだぜ、こんなフライトにはさ。こいつらは車を待たせてる。出口は大混雑さ。こいつらはどこへ行くかちゃんと分かってるんだ」

「みんな荷物を預けてるでしょ、ほとんど全員か、それなりの人たちが。私たちは違う。それだけ有利なのよ」

「ロンドン時間十八時十一分。到着時刻十六時三十二分。これが最終到着時刻だったな。まあ大丈夫だろう。パリ時間十九時十一分。高度三万三千三フィート。飛行時間《デュレ・デュ・ヴォル》三時間十六分」

言葉と数字を声に出して読み上げ、列挙することで、こういった情報はしばしの間生きることができた。公式に表示された――それとも自発的に声に出されたものだろうかと彼が思った――時間と場所に関する映像がだ。

彼女は言った。「目を閉じて」

「よし。速度時速四百七十六マイル。到着時刻」

彼女は正しかった。荷物を預けるのはやめましょう。上に詰め込めるから。彼は画面を見つめ、試合のことを考えた。しばしの間、タイタンズの対戦相手を忘れていた。

到着時刻十六時三十分。外気温《テンペラチュール・エクステリウール》セ氏マイナス四十七度。パリ時間二十時三十分。高度三万四千二フィート。彼は二フィートというのを好きこのんでいた。確実に、言及に値する。外気温カ氏マイナス五十三度。航路の距離《ディスタンス・ドゥ・パルクール》。

もちろん、シーホークスだ。

クリップスとは長身の男の名であり、実際に彼は背が高かった。そうだ。だが、どっちつかずといった程度の背丈であったので、目立たずにいたいというその願いが叶わぬことはなかった。彼は人混みの上で頭を動かすのに優越感を抱きなどしない、凡庸たることに喜悦する猫背の人物だった。

その時、彼は搭乗手続きを振り返った。すべての乗客がようやく席に着き、やがて食事が出され、手ふき用の温かい濡れタオルに、歯ブラシに、歯磨き粉に、靴下に、ペットボトルの水に、毛布と一緒に枕も。

彼はこういったものが出てくるのに、恥じらいらしきものを感じただろうか？　費用がかさむにもかかわらず、彼らはビジネスクラスを使うことに決めたが、それは長いフライトの間、観光客でいっぱいの空間に詰め込まれる苦難を、今回のこの一回は避けたかったからだ。

アイマスクに、顔面用保湿クリームに、添乗員が時折通路を押してまわる、ワインと蒸留酒の積まれたワゴン。

彼はぶら下がった画面を見つめ、くだらない贅沢への誘《いざな》いを感じていた。自分自身を文字通りの観光客だと思っていた。飛行機、鉄道、レストラン。彼はきっちりとした服装など決してしたくはなかった。そんなものはまやかしの第二の自己がしでかしたことのように思えた。鏡の中の男。自分の鏡像の小綺麗さにどれほど感心したことか。

「雨の日はいつだった？」彼女は言った。

「君は備忘録に雨の日のことを書き込んでいるんだな。消えることのない雨の日。休日についてとにかく大事なのはそれが素晴らしいものになるように過ごすこと。君は俺にそう言っていたぜ。心の中に肝心なことを保存しておくため。鮮やかな瞬間に時間。長い散歩に、素晴らしい食事に、ワインバーに、ナイトライフ」

彼は自分の言うことを聞いていなかった。よどんだ空気を帯びているのを知っていたからだ。

「リュクサンブール公園《ジャルダン・デュ・リュクサンブール》、シテ島《イル・ドゥ・ラ・シテ》、ノートルダム。損傷してはいても、現存している。ポンピドゥー・センター《サントル・ポンピドゥー》。まだ半券がある」

「雨の日を知る必要があるの。何年も後にメモを見ても、詳細を正確に確認できなきゃっていうことなのよ」

「どうにもならないよ」

「どうにかしたいなんて思ってないわ」彼女は言った。「私がしたいのは、とにかく家に帰って、何もない壁を眺めること」

「目的地までの時間、一時間二十六分。俺が思い出せないことを言ってみる。この航空会社の名前だ。二週間前に発って、その時は別の会社で、二ヶ国語の画面もなかった」

「でも画面があってうれしいんでしょ。気に入ってるじゃない」

「騒音から逃れるのにいいんだ」

すべては前から決まっていた。長時間のフライト、俺たちが考えて口にすること、延々と続く単調な音の中への閉じ込め、エンジンのとどろき、騒音をあきらめて受け入れる術《すべ》、たとえ実際は無理だとしてもそれを耐えられるものにする手立て。

マッサージ目当ての客に応《こた》える座席。

「記憶といえばね、今思い出したわ」彼女は言った。

「何を?」

「どこでもないところから出てきた。アンデルスよ」

「アンデルス」

「セルシウス氏のファーストネーム」

「アンデルス」彼は言った。

「アンデルス・セルシウス」

彼女は満足していた。どこでもないところからそれが出てきたことに。どこでもない場所に残されたものなどほとんど何もない。デジタル機器の助けなしに忘れ去られた事実が現れた時、それを他人に伝えるにあたって、誰もが遠い向こうに目をやるのだ。知っているものと忘れ去ったものからなる異界に。

「今回のフライトのガキどもだけどさ。お行儀がいいな」彼は言った。

「エコノミーにいるんじゃないと分かってるんだわ。子どもも子どもなりに責任を感じてるのよ」

彼女は頭を下げて、しゃべると同時に書いていた。

「よし。高度一万三百六十四フィート。ニューヨーク時間十五時〇二分」

「ニューアークに向かっているのでなければ」

「試合を始めから終わりまで見ることはないよ」

「私はね」

「俺もだ」彼は言った。

「もちろんあなたは観戦しないと」

彼は三十分間、もしくは添乗員が着陸前の軽食を持って現れるまで、眠ることに決めた。紅茶と菓子。飛行機は横に揺れ始めた。自分は揺れを無視し、テッサの方は肩をすくめて、さっきまでは何ともなかったのにと言うだろうと、彼には分かっていた。シートベルトのサインが赤く光った。彼はシートベルトを締めて画面を見た。彼女の方は深く前屈みになり、体がほとんどノートにくっつきそうだった。揺れが激しくなった。高度、外気温、速度。彼は画面を読み続けたが、声には出さない。あたりは騒音に満ちていた。女が通路をよろめきながら歩いていた。トイレに行ってから前列の方へと戻ってきたのだが、バランスを取るために各座席の後ろをつかんでいた。機内アナウンスが流れ、パイロットによるフランス語に、添乗員の英語が続いた。そして彼は画面の情報の読み上げを再開しようかと考えたが、心身ともに過酷となったこの状況においては、それは暗愚な執着になってしまうだろうと判断した。彼女は今や書くのをやめて彼を見ていた。ただ見ていたのだ。そして彼は、座席を垂直に戻した方がいいと気づいたのだった。彼女はすでに席を垂直にしていて、食事用テーブルも引っ込め、ノートとペンは座席の荷物入れにしまっていた。どこか下の方から、強烈に叩かれているような感じがした。画面は空白になった。パイロットがフランス語でしゃべるが、英語が続かない。ジムは座席の肘掛けをつかみ、テッサのシートベルトを確認し、自分のをさらにきつくした。彼は、乗客全員が自宅でチャンネル4の六時のニュースをまっすぐに見て、墜落した自分たちの旅客機の話を待っているのを想像した。

「私たちは怖がっているの？」彼女は言った。

彼はこの質問はほったらかしにしておいて、紅茶と菓子のことを考えていた。紅茶と菓子のことを。

― 2 ―

衝動に論理を凌駕させよ。
これがかの博徒の信条であり、公言するところの信念であった。

彼らはスーパースクリーンテレビの前に座って待っていた。ダイアン・ルーカスとマックス・ステナーだ。男はこれまでスポーツ競技に多額の賭け金をつぎ込んでおり、今回はフットボールで、シーズン最後の試合だった。アメリカンフットボールは、二つのチームに分かれ、各チームに十一人の選手がいて、長方形のフィールドの全長は百ヤード、両側にゴールラインとゴールポストがあり、有名人予備軍が国歌を歌い、アメリカ空軍のサンダーバーズが六機の航空機をスタジアムの上空に高速で飛ばす。

マックスは座りっぱなしでいるのに馴染んでいた。肘掛け椅子の表面にくっついて座りながら試合を見て、フィールドゴール〔蹴り上げたボールがゴールポストの間でクロスバーの上を通ること。三点となる〕が失敗したり、ファンブル〔ボールをとらえそこなうこと〕が起きたりした時には、心の中で悪態をついていた。悪態はその切れ長の両目に現れ、右目はほとんど閉ざされる。だが、試合の状況と賭け金の大きさ次第では、顔全体が冒瀆的になり得た。生涯忘れることのない後悔となり、唇は固く結ばれ、頬はわずかに震え、鼻の脇の皺が伸びるのがしばしばだ。言葉は一言もなく、緊張状態があるのみ。そして、右手が左の前腕まで伸び、類人猿を思わせる霊長類的な流儀で引っかき、指が肉にめり込むのだ。

二〇二二年第五十六回スーパーボウルが開催されるこの日、ダイアンはマックスから五フィートほど離れた揺り椅子に腰かけ、二人の間から後ろに下がったところに、彼女のかつての教え子である三十代前半のマーティンが位置し、キッチン用の椅子の上でわずかに前屈みになっていた。

コマーシャルに、ステーションブレイクに、試合前のざわめき。

マックスが肩越しに言う。「金はいつもからんでいるのさ。ハンディキャップポイント〔スポーツの試合の賭けで、本命チームが弱いチームを破る際の予想点差。これを弱いチームの点数に加算して勝敗の率を五分にする〕に、賭け金そのもの。だが私はちゃんと引き分けを意識しているんだよ。フィールドで何が起ころうとも、ハンディキャップポイントのことはしっかりと覚えているが、賭け金自体の方は別さ」

「ものすごい額よ。でも実際の金額はね」ダイアンは言った。「数字は自分の心のうちに留めているの。聖域ってことね。私はね、この人の方が先に死ぬのを待っているのよ。そうすれば、夫婦関係なんてものの歳月にどれだけのお金を浪費することになったのか、最期の時に、死の床で聞けるでしょうから」

「そいつに何年か聞いてみたまえ」

若者は何も言わなかった。

「三十七年間よ」ダイアンは言った。「べつに不幸ってわけでもないけれど、この悲惨な習慣の中で、二人の人間がひどく神経を張りつめ、いつかはお互いが相手の名前も忘れてしまう日が近づいているんだわ」

何本ものコマーシャルが続き、ダイアンはマックスを見た。ビール、ウイスキー、ピーナッツ、スープにソーダ。彼女は若者の方に顔を向けた。

彼女は言った。「マックスは見るのをやめないわ。何を買う気もまったくない消費者になるの。これからの三、四時間の間に百のコマーシャルよ」

「コマーシャルも見てるよ」

「笑いもしなければ、叫びもしない。でもこの人は見ている」

他に二つの椅子が夫婦のそばに置かれている。遅れてくる者たちのための準備もできていた。

マーティンはいつも時間通りに来て、小綺麗な服装をし、髭も剃っていた。ブロンクスに一人で暮らし、地元の高校で物理を教え、人目につくことなく道を歩いていた。学校はチャータースクール〔保護者・教員・地域団体などが行政機関から認可を受けて設置し公費で運営される、市民主導の独自教育が可能な学校〕で、才能に恵まれた学生が集まり、彼は物理という科目の濃密なる不可思議へと生徒たちを導く、少しばかり変わり者の案内人だった。

「ハーフタイムに何か食べるだろうよ」マックスは言った。「私は見続けるがね」

「この人は聞いてもいるの」

「見て、聞くのだよ」

「音量は小さくなるわ」
「今みたいにな」マックスは言った。
「話はできるわよ」
「私たちは話して、聞いて、食べて、飲んで、見るのだ」

この一年というもの、ダイアンは若者に現世に戻るよう言い続けてきた。彼がこの一座に加わることは滅多になく、ここには気まぐれに来ているようだった。昔ながらのありきたりな言い方だが、彼は他の教え子たちとは違っていた。分かりやすくて単純な、うわべだけの人間ではなく、『特殊相対性理論に関するアインシュタイン一九一二年草稿』の研究に夢中になってのめり込んでいる男だった。

彼は青ざめて茫然自失の状態に陥ることがよくあった。これは病気なのか、はたまた異常なのか？

画面上では、アナウンサーと元コーチが二人のクォーターバック〔攻撃側のポジションの一つで司令塔の役割を果たす〕について論じていた。プロのフットボールが二人の選手に還元されてしまうのにケチをつけることがマックスのお気に入りだった。選手が常に入れ替わるチーム全体を語るよりも楽なのだ。

開幕のキックオフまであとコマーシャル一本だった。マックスは立ち上がり、上半身をあれこれと様々なやり方で、伸びるところまで回転させた。足はしっかりと固定し、約十秒間まっすぐに前方を見つめた。彼が座ると、ダイアンは頷き、まるで画面に映る出来事が、予定通りに進行していく許可を与えたかのようであった。

カメラは人群れを映し出していった。

彼女は言った。「あそこにいると想像してみて。スタジアムの上の方の席にまわされているの。スタジアムはどんな名前だったかしら？　どういう会社だか製品だかから取った名前だった？」

彼女はスタジアムの名前を考えている間、片腕を上げて、少し待つよう身ぶりで示した。

「ベンゼドレックス点鼻薬記念大競技場ね」

マックスは拍手をする風を装《よそお》ったが、両手が触れ合うことはなかった。彼は、あとの二人がどこにいるのか、飛行機が遅れているのか、交通機関にトラブルでもあったのか、そして彼らがハーフタイムに飲み食いするものを持ってくるのかどうか知りたがった。

「十分あるわ」

「もっと必要だろ。五人だ。ハーフタイムは長い。歌に、踊りに、お色気に、他には何だったか？」

両チームそれぞれのポジションを組むため、選手が小走りした。キックオフチームに、レシービングチーム。

マーティンは言った。「テレビの画面上で僕がすっかり夢中になったのはワールドカップでした。地球規模での戦いです。ボールは蹴るか、頭で打って、手で触れてはいけない。古代からの伝統です。すべての国がとても深く関わっています。分かち合われた宗教ですね。チームが負けると、選手はフィールドに倒れます」

「勝った選手もフィールドに倒れるわよ」ダイアンは言った。

「ワールドカップでは、いろんな国で広々とした街頭に人が集まり、歓声を上げ、嘆き悲しみます」

「路上で倒れて」

「昔、少しだけ見たがね。クソみたいな嘘の怪我だ」マックスは言った。「それに両手が使えないなんてどんなスポーツなのかね？　ゴールキーパーでなければ手でボールに触れてはいけないなんて。まるで正常な衝動を自ら抑圧するみたいだ。そこにボールがあるんだ。手でつかんで走る。これが正常というものだ。ボールをつかみ、投げるのが」

「ワールドカップは」マーティンはほとんどささやくような調子で再び言った。「見るのをやめられませんでした」

その時、何かが起こった。画面の映像が揺れ出したのだ。よくある映像の乱れではなかった。そこには深みがあり、リズミカルな脈拍のごとく抽象的な模様が形作られたが、それらは前方に飛び出ては後退するような、一連の図形へと変わっていった。長方形に、三角形に、正方形。

彼らは見て、聞いていた。だが聞くべきものなど何もなかった。マックスは真ん前の床からリモコン装置を拾い上げ、ヴォリュームボタンを繰り返し押したが、それでも音声はなかった。

そして今度は画面が空白になった。マックスは電源ボタンを押した。オン、オフ、オン。彼とダイアンは自分たちの携帯電話を確認した。まったく動かない。彼女は部屋を横切って家庭用電話機の方へ歩いていった。情感に満ちた過去の遺物たる固定電話へと。ボタンが鳴らない。ノートパソコンは起動せず。彼女は隣の部屋にあるコンピュータへと近づき、いろいろな部分に触れてみたが、画面は灰色のままだった。

彼女はマックスのもとへ戻って背後に立ち、両手をその肩に乗せ、彼が拳を握りしめて悪態をつき始めるのを待っていた。

彼は穏やかに言った。「私の賭けた金に何が起きているんだ?」

彼は答えを求めてマーティンの方を向いた。

「相当な額だぞ。私の金はどこなんだ?」

マーティンは言った。「アルゴリズムによる支配ということなのかもしれません。中国人どもですよ。中国人がスーパーボウルを見ているんです。連中もアメリカンフットボールをやりますしね。ペキン・バーバリアンズがありますし。これはまったく本当のことですよ。僕らにあてつけられた冗談ってことです。やつらはインターネット上のどこかで大惨事を起こし始めたんです。連中は見ていて、僕らは見ていない」

マックスは目線をダイアンに向けたが、彼女の方は再び椅子に座り、マーティンを眺めていた。彼は深刻な事態をネタにして気の利いた冗談を言うような男ではなかった。あるいは今起きているのは、彼が面白いと感じた唯一のことなのだろうか?

ちょうどその時、空白の画面から対話の断片が聞こえてきた。三人はそれが何なのか確かめようとした。英語か、ロシア語か、中国語か、それとも広東語か? 音声が消えてからも、彼らはさらに何かないか待った。目を向け、耳を傾け、そして待った。

「地球の言葉じゃないわ」ダイアンは言った。「宇宙人よ」

彼女は、自分が今、冗談を言っているのかどうか確信が持てなかった。彼女は十分前だか十二分前だか、まあ何分前でもいいのだが、スタジアムの上空を飛んでいた軍用機に言及した。

マックスは言った。「毎年やっていることだ。我が国の航空機で、儀礼としての飛行だ」

彼は最後のフレーズを繰り返し、その言葉の威力を確認するためにマーティンに目を向けた。

それから彼は言った。「時代遅れの儀式さ。我々はフットボールを戦争になぞらえるあらゆるたとえを超えた先まで来ているというのに。世界大戦は〝第二次世界大戦《ワールドウォーII》〟とローマ数字、スーパーボウルも〝第五十六回スーパーボウル《スーパーボウルLVI》〟とローマ数字を使う。戦争は別の何かであり、別のどこかで起こるというのに」

「隠れたネットワークですよ」マーティンは言った。「僕らの想像を超える、一分どころか百万分の一秒ごとに変化していくね。空白の画面を見て下さい。僕らから隠れているのは何でしょう？」

ダイアンは言った。「マーティン以外には中国人より賢い人は誰もいないのね」

マックスはまだ若者を見ていた。

「何か賢そうなことを言ってみてくれ」彼は言った。

「彼は昼も夜もアインシュタインを引いているの。とても賢いことよ」

「分かりました。『一九一二年草稿』の脚註からです。〝時間と空間という美しくて軽妙なる概念〟。賢いというわけではないでしょうが、僕はずっと口にしています」

「英語とドイツ語のどっちで？」

「時によります」

「時間と空間」彼女は言った。

「時間と空間。時空間」

「授業でもあなたは脚註を引いていたわね。脚註の中に消えていってしまっていた。アインシュタインに、ハイゼンベルクに、ゲーデル。相対性に、不確実性に、不完全性。馬鹿げているけれど、試合が放送されているすべての街のあらゆる家のことを想像しようとしちゃうわ。夢中になって見ているか、私たちみたいに座っているかして困惑し、科学、技術、常識から見捨てられたあらゆる人たちのことを」

衝動的に、彼女はマーティンから携帯電話を借りてみた。彼の電話機の方が今の状況に適応しやすそうに思ったのだ。彼女はマックスを見た。娘たちに電話したかった。一人は結婚してボストンに暮らし、二人の小さな子どもがいる。もう一人は休暇を利用してヨーロッパのどこかにいる。彼女はボタンを押し、機器を揺らし、凝視し、親指の爪で突いた。

何も起こらなかった。

マーティンは言った。「チリのどこかに」

彼女は続きを待った。

彼は言った。「たとえ理論家たちが、重力波でも超対称性でも他のことでも、何を明らかにし、予測し、想像しようとも、僕はアインシュタインの側につきます。アインシュタインと宇宙のブラックホール。彼はそれについて語り、そして僕たちはそれを目にしました。我らが太陽の何十億倍も巨大です。彼は何十年も前に語っていました。彼の宇宙は僕らのものになったんです。ブラックホール。事象の地平線《イベント・ホライゾン》。原子時計。見えないものを見ること。チリの北部中央。このことは言いましたっけ?」

「あなたは何でも言ったわよ」

「大型シノプティック・サーベイ望遠鏡」

「チリのどこかね。その話はしていたわよ」

マックスは欠伸《あくび》のふりをした。

「今ここについての話に戻ろう。今私たちにふりかかっているのは、この建物と、おそらくはこの地域に及んでいる通信機器の大混乱だ。他の場所、他の連中には関係ないはずの」

「それじゃあ私たちはどうすればいいの？」

「この建物で暮らす人間に話しかけてみるのさ。我らが隣人とかいう連中にな」彼は言った。

彼は彼女を見てから立ち上がり、肩をすくめて扉の外へ出て行った。

二人はしばらくの間、おとなしく座っていた。彼女はふと、マーティンとともにおとなしく座っているにはどうすればいいか分からないことに気づいた。

「何か食べ物を」

「ハーフタイムの方がいいでしょう。もしもハーフタイムがあればですが」

「アインシュタイン」彼女は言った。「草稿」

「そうです。彼の頭を過《よ》ぎった言葉とフレーズです。僕らは彼の思考の動きを見られるんです」

「他には？」

「手書き文書の特質です。数字に文字に言い回しに」

「どんな言い回しなの？」

「〝場の発揮する力〟だとか〝エネルギー慣性の定理〟だとか」

「他には？」

「〝世界点〟に〝世界線〟に」

「他には？」

「〝世界点《ヴェルトプンクト》〟に〝世界線《ヴェルトリーニエ》〟に」

「他には？」

「複写されたページの文字が濃くなっていく様子です。本の終わりに近づいたわずかな部分だけですが」

「他には？」

「本を収める紙箱に、ハードカバーの表紙に、十インチ掛ける十五インチのページです。大きいですよ。僕は持ち上げて、ページをめくって、中身をじっくり見るんです」

「他には？」彼女は言った。

「これぞアインシュタインといったところですよ。筆跡に、公式に、文字に、数字に。各ページとも視覚的に素晴らしい美しさです」

これはある意味では官能的だ。このやりとりが。彼の反応は速《すみ》やかで、その声は、本当に大切なものを持っている人間の熱意を示している。

彼女はまっすぐに、前方の空白の画面を見続けた。

「他には？　他には？」

「七文字です」

「それは何？」

「速度の加法定理」

「もう一度言ってみて」

彼は再び口にした。彼女はもう一度聞きたかったが、ここでやめた方がいいと判断した。

教師と生徒の逆転した一組。

マーティン・デッカー。彼のフルネームか、あるいはそれに近いものだ。彼女は目を閉じて、その名を心の内で唱えてみた。彼女は言った。マーティン・デッカー、あなたは生涯一人で生きる気なの？　空白の画面が、一つのあり得る答えのように思えた。

それから彼女は振り返り、彼を見た。

「それであの人はどこかしら？　他の人たちはどこ？」

「他の人たちってどなたですか？」

「使ってない椅子が二つあるでしょう。だいぶ前からの友達なのよ。夫婦でね。パリから戻ってくるはずだわ。ローマかもしれない」

「あるいはチリ北部中央か」

「チリ北部中央ね」

マックスが戻ってきて、部屋を横切ってまっすぐ窓辺に向かい、誰もいない日曜の通りを見下ろした。彼らは、彼が叩いた扉と素通りした扉のことを話した。これが話の中心になったのだ。傷がついていたり、汚れていたり、最近塗り替えられたばかりだったりの、語るに値するはめ込み式の扉。同じ階の近すぎる隣人たちなんかとどうして関わらねばならないのか。一つ下の階で五つの扉を叩き、うち三部屋から返事があったと、彼は手を上げて指を三本立てながら言った。もう一つ下の階では四部屋から返事があり、二部屋が試合のことを話していた。

「私たちは待っているのよ」彼女は言った。

「やつらは私たちが見て聞いたのと同じものを、見て聞いていた。私たちは廊下に突っ立って、初めて周りの連中と知り合ったんだ。男も女もお互いに頷き合ってな」

「みんな自己紹介したの？」

「私たちは頷き合ってたんだ」

「分かったわ。大事な質問だけど、エレベーターは動いてた？」

「階段を使った」

「分かったわ。それから誰か、何が起きてるのか考えてる人はいた？」

「技術的な問題だよ。誰も中国人を責めてはいなかったな。システムの不具合さ。それから太陽の黒点だね。こんなのがまともな発想さ。パイプを吸っているやからがね。いやいや、この建物内では禁煙だなんて言いはしなかったよ」

「だってあなた自身がね。たまにタバコを吸うの」彼女はマーティンに言った。

「黒点に、強力な磁場だとさ。私はそいつをじっと見たよ」

「その人の前で死神みたいな顔をしたんでしょう」

「そいつは専門家が調整するだろうと言っていた」

マックスは窓のそばにずっといて、この最後の文句をささやくように繰り返した。

ダイアンはマーティンが口を開くのを待っていた。彼女は自分が彼に何を言ってほしいか分かっていた。だが、彼はそれを口にしなかった。だから彼女は質問という形で、冗談めかして言おうとしてみた。

「こう見えて、これって世界文明の没落を意味する包囲網か何かなのかしらね？」

彼女は無理に少しだけ笑おうとし、誰かが何かを言ってくれるのを待っていた。

—3—

生きることは何とも興味深くなり得るがため、我らは恐れるのを忘れてしまったのだ。

ひっそりとした道を走るヴァンの中で、ジムはお互いの顔を見合わせられるよう、テッサが自分の方を向くのを待っていた。

乗り物には他の者たちも詰め込まれていた。二人の添乗員に、フランス語で独り言を言う男に、携帯電話に話しかけ、それを振っては罵る男。悲嘆にくれる者たちもいれば、ひっそりと、何が起こったのか、自分たちは何者なのかを思い出そうとしている者たちもいた。

彼らは空から降ってきた、金属、ガラス、そして人の命の揺れ動く塊だった。

誰かが言った。「私たちは降りてきたんだ。自分たちが宙を舞っていたなんて信じられなかったよ」

別の誰かが言った。「宙を舞うってのはどうなんだろうな。たしかに最初のうちはね。でも、みんな激突した」

「私たちは滑走路を外れたんですか？」

「不時着。炎」女が言った。「スリップして窓の外を見たんです。翼に火が」

ジム・クリップスは自分が見たものを思い出そうとした。恐怖というものを思い出そうとした。

彼は額を切った。裂傷で、今は出血も止まっている。テッサは傷を見続け、触りたがっているかと言ってもよかった。そうすることが、自分たちが思い出す一助になるとでも考えていたのだろう。傷に触れ、抱き合い、とどまることなくしゃべる。彼らの携帯電話は動かなかったが、それは驚くべきことではなかった。乗客の一人は腕をひねり、歯を何本か失っていた。他にも怪我をしていた。運転手は診療所に向かっていると言っていた。テッサ・ベレンス。彼女には自分の名が分かっていた。パスポートも金もコートも持っていたが、荷物とノートはなく、税関を通過したという意識も、恐怖の記憶もまったくなかった。彼女はもっとはっきりと思い浮かべようとしていた。ジムはそこにいて、しかと同伴していた。保険会社で清算係として働いている男だ。

なぜ彼がいることが、こんなに安心させてくれるのだろうか？

気温が下がり、暗くなっていたが、路上では一人の女がジョギングしていた。短パンにTシャツ姿で、自転車用の通行帯を安定したペースで走っていた。車は他の歩行者もそこここで追い越したが、あっという間で、距離も離れ、人数もほんのわずかだったので、こちらに少しでも目線を向ける者は誰もいなかった。

「俺たちに必要なのは雨だけだな」ジムは言った。「そうなれば、俺たちが映画の中の人物みたいなものだって分かったのにさ」

客室乗務員たちは黙っていて、制服がわずかに乱れている。二、三の質問がヴァンの中で、何人かから乗務員たちに寄せられた。かすかな反応もあったがやがては無と化した。

「まだ生きてるんだって、自分たちに忘れず言い聞かせていないとね」テッサは言った。

周りの者たちにも聞こえるぐらいの大きさの声でだ。

フランス語を話す男は運転手へと質問を向け始めた。テッサはジムのために通訳しようとした。

運転手は速度を落とし、ジョギング中の女にペースを合わせた。彼は何語であろうとも質問に対しては無反応だった。初老の男がどうしてもトイレに行きたいと言った。だが、運転手は速度を上げなかった。女と並走しようと決めているのは明らかだった。

女はまっすぐ前を向いて走り続けるだけだった。

— 4 —

群《むら》がって畏怖する昼間の観光客たちに忘れられると、聖人や天使たちは真夜中の無人の教会に、いかにして姿を現すのか。

マックスは椅子に戻り、この状況を呪った。彼は空白の画面を見続けた。彼は**イエスよ**《ちくしょう》だの、**善良なるキリストよ**《くそやろう》だの、**イエス・H・キリストよ**《こんちくしょう》だのと口にし続けた。

男を二人とも見られるように、ダイアンは今では斜めに座っていた。彼女はマックスに、これはハーフタイム用の軽食を準備するいい機会だと言った。あと何分かで電波がまた受信できるようになって、試合が普段通りに進むなんてこともあるかもしれない、そうでしょ。そして彼女は、自分の言葉なんて一言も信じていないけど、とつけ加えたのだった。

マックスはキッチンではなく、酒を置いた棚へ歩き、自分用にバーボンをグラスに注いだ。ウィドウジェーンという、アメリカンオークの樽で熟成させた十年ものだ。

ことあるごとに彼は、この部屋に来た者なら誰にであれ、それを知らしめたものだった。**アメリカンオークの樽で熟成させた十年もの**。これを言うのが彼は好きで、声にはどこか皮肉がこめられているようだった。

今回は彼は何も言わず、マーティンに一杯やるかと聞くこともなかった。彼の妻はワインを飲むが、それは夕食時にであり、フットボールを見ながらではなかった。

彼は**イエス**の名をさらに何度もつぶやき、グラスを手にし、画面を見ながら待っていた。ダイアンはマーティンを見た。そうするのが好きだったのだ。彼のことをじっと見ているかのようにふるまった。彼女は彼のことを、青年マーティン——ある本の一章のタイトルなのだが——と心の中で呼んでいた。

それから、彼女は静かに言った。「ナザレのイエス」

彼女が想像している通りに、マーティンは反応するだろうか？

「眩《まばゆ》い名です」彼は言った。

「私たちはこの名を口にするわよね。あなたも、私も。アインシュタインは何て言ってるの？」

「彼は言いました。〝私はユダヤ人ですが、ナザレの光り輝く人には心惹かれています〟とね」

マックスは空白の画面をにらんでいた。彼は見て、そして飲んでいた。ダイアンは両目をマーティンの方に向け続けておこうとした。彼女は**ナザレのイエス**という名が、マーティンをその霊気へと引きよせるような、無形の特質を有していることを知っていた。彼は特定の宗教に属しておらず、超自然的な力を持つとされるあらゆる存在に対して、敬意を抱いてなどいなかったのではあるが。

彼をつかんだのはその名だった。名前の美しさだ。名前に土地。

マックスは前屈みになっていた。彼は意志の力を通して、映像を画面上に出現させようとしているように見えた。

ダイアンは言った。「ローマよ、マックス、ローマ。あなたは覚えているわね。教会の中や、聖堂の壁や天井にいたイエスのことを。私よりもよく覚えているでしょう。観光客が部屋から部屋へとゆっくりと移動していた例の聖堂のことをね。とっても大きな絵が壁にも天井にもあって。あそこのことは特にね」

彼女はマーティンを見た。彼は小柄で思わず抱きしめたくなるような、子どもらしいかわいげのある男ではなかった。彼女は彼のことを、腕から外れてしまいそうな両手をぶらつかせながら、長身でたるんだ肉体への責任から逃れようとしている精神のごとき存在だと考えていた。彼女はクッションもついていないキッチン用の椅子に彼を座らせたことに申し訳なさを感じていた。

「私はガイドつきのツアー集団にこっそりついて行こうとしたんだけど、マックスがどうしても許してくれなかったの。この人はガイドっていう発想を毛嫌いしてるんだわ」彼女は言った。「奥行きのある回廊に、絵と、調度品と、彫像があってね。アーチ状の天井に、ものすごい壁画に。まったくね、とても信じられなかったわ」

彼女は今では何もないところを見ていた。

「どの聖堂だったかしら?」彼女はマックスに言った。「あなたは覚えてるでしょ。私は思い出せないんだけど」

マックスは飲み物をすすり、小さく頷いた。

ある回廊では、ヘッドフォン姿の観光客たちが動きを止めて、生命が一時停止でもしたみたいに、天井に描かれた天使たち、聖人たち、衣、御召し物を身にまとったイエスの姿を見上げていたわ。

彼女は頭を後ろに向けて熱心に話していた。今だけのガイドだ。

「あれは何年前だったかしら？　マックス」

彼は頷いただけだった。

マーティンは言った。「かの御召し物。言葉で言い表されたしわくちゃの衣のことを思い浮かべてみます」

「小型のオーディオガイドを持って耳に押し当てている他の人たち。どれだけたくさんの言葉で音声が流れるか。今でも私、眠る前にあの人たちのことを考えるわ。奥行きのある回廊でじっとしている姿を」

「天井を見つめる」マーティンは言った。

「マックス。正しくはいつだったかしら？　一年があっという間に次の年に飲み込まれていく。私も分刻みで年老いてるのね」

マックスは言った。**「チームは日陰を抜け出て、準備万端、好機をとらえに行きます」**

彼は空白の画面をじっくりと眺めているようだった。

若者は女を見た。人妻であり、元教授であり、友人でもある、見るべきものをどこからも探し出せなかった女のことを。

マックスは言った。**「この酷暑のフィールドで、攻撃側は猛進です。猛進、猛進」**

彼女は邪魔をする気も、どんなものであれ何かしらの言葉をかける気も起きず、ついにはマーティンを一瞥したが、それは単に、困惑した表情を誰でもいいのだが誰かしらと見せ合うことが不可欠のように思われたからだった。

マックスは言った。**「サック**〔パスを投げる前のクォーターバックへのタックル〕**をかわせ、投げても球をとられちゃだめだ！」**

彼はバーボンをもう一口舐めたくなり、いったんやめて、飲んだ。言葉遣いが自信たっぷりだと彼女は思った。彼の無意識の奥底に流れる実況中継が飛び出しているのだ。試合の性質上泥にまみれた、ここ何十年ものアメフト特有の言い方。男同士がぶつかり合い、芝に押し倒し合うのだ。

「グラウンドゲーム〔ランニングプレー主体の攻撃法〕**です、グラウンドゲームです、観客は声援を送り、ス**

タジアムが揺れています」

短い文に、そっけない言葉に、繰り返し。ダイアンはそれを、単旋律で儀礼的な、グレゴリオ聖歌のようなものだと思いたかったが、やがてそんな考え方をするのはうぬぼれたナンセンスであると自分自身に言い聞かせた。

マックスは喉の奥底から発声した。観客の声だ。

「ディーフェンス、ディーフェンス、ディーフェンス」

彼は立ち上がり、伸びをしてから座って飲んだ。

「七十七番ですが、名前は何だったでしょうか、うろたえているようです、そうですよね？　敵の顔面に唾を吐いた罰です」

彼は言った。**「両チームはほとんど拮抗しています。ミッドフィールドからのパント**〔ボールを手から落とし地面につく前に蹴ること〕**。白熱の試合です」**

ダイアンは感心し始めた。

彼は言った。**「攻撃側のコーチ。マーフィー、マリー、マンフリー。革新を巻き起こした面々です」**

彼は話し続けるが、声色が変わって今度は穏やかで、控えめで、説得的だ。

「チャンネルはこのままで。気持ちを穏やかにして潤いを。お値段は据え置き、効果は二倍。心を病むリスクを減らします」

それから、歌い出した。**「そうよ、そう、そう、忘れちゃだめよ、祝福、祝福、祝福」**

ダイアンは呆然とした。彼が陽気に歌い出し、アメフト用語やらコマーシャルの言葉がいろいろと飛び出してくるのはバーボンのせいなのか。こんなことは今までには決してなかった。バーボンがあろうと、スコッチがあろうと、ビールがあろうと、マリファナがあろうと。彼女はこれを楽しんでいた。少なくとも自分は楽しんでいると思っていた。あとどれぐらいの間、中継を続けるのかによるが。

あるいは彼の想像をかき立てているのは、空白の画面であり、負の衝動であるということだろうか。試合は、私たちの意識という脆弱な領域の外側にある深宇宙のどこか、私たちのではなく、マーティンの時間軸に属する道理を超えた歪みの中で行われているという感覚。

マックスは金切り声で言った。**「ときどきあたし、自分が人間だったら、男の人だったら、女の人だったら、子どもだったらなんて思うの。それなら、このおいしいプルーンジュースを堪能できるのに」**

彼は言った。**「終身生命保険を。あなたにぴったりの身じたくをオンラインで始めましょう」**

続いて、**「試合再開です。第二クォーター、両手、両足、両膝、頭、胸、腰がぶつかり合っています。第五十六回スーパーボウル。我ら国民の悲願です」**

ダイアンはマーティンに自分たちが会話してはいけない理由は何もないとささやいた。マックスには試合があり、彼が気を散らすということはあり得なかった。

若者は静かに言った。「僕は薬を摂取してきたんです」

「ええ」

「経口のやつです」

「そうね。私たちみんなが飲んでるわ。小さな白い薬ね」

「副作用があります」

「ちっちゃな丸薬だったり錠剤だったり。白かったり、ピンクだったりいろいろね」

「便秘になるかもしれないし、下痢になるかもしれません」

「そうね」彼女はささやいた。

「他人に頭の中の声を聞かれるかもしれないとか、自分の行動を操られるとか感じることになるかもしれません」

「それについては自分が分かっている気がしないわ」

「不合理な恐怖です。他人に対して不信感を抱いているということです。摂取するのをお見せできます」彼は言った。「薬を持ち歩いているんです」

マックスは再び前腕を引っかいていたが、今度は指ではなく拳《こぶし》でだった。

彼は言った。**「ミッドフィールド付近から狙ったフィールドゴールです。フェイク、フェイク、フェイク！」**

画面。ダイアンはそれが空白であることを確かめるため、首を動かし続けた。彼女はそうすることでなぜ自分が安心できるのか理解できなかった。

「フィールドに降りてみましょう」マックスは言った。**「エスター、何が起こっているのか私たちに聞かせてくれ」**

今では、彼は頭を上げ、透明のマイクを手にしてフィールドよりもかなり上にあるカメラに向けて話し、声域は高くなっていた。

「サイドラインからお伝えします。こちらのチームは怪我だらけですが、自信に満ちています」

「怪我だらけだって」

「そうなんです、レスター。オフェンスかディフェンスか分かりませんが、コーディネーター〔アメフトではヘッドコーチの下にオフェンスコーディネーターとディフェンスコーディネーターが、それらのさらに下に各ポジションのコーチが置かれる〕**に声をかけてみました。彼はご満悦です」**

「ありがとう、エスター。さて、試合に戻りましょう」

マーティンが話をしていたことに、ダイアンは気づき始めた。もっとも、必ずしも彼女に対してというわけではなかったが。

「鏡を見て、自分が誰を見ているのか分からないんです」彼は言った。「僕を見返している顔が自分のものと思えない。でも考えてみれば、なぜそうでなければならないのでしょう？　鏡というのは本当にその前のものを映し出す平面なのでしょうか？　そして映っているのは、他の人が見ている顔ということになるのでしょうか？　それとも、それは僕が作り出した何かか、何者かということでしょうか？　僕の飲んでいる薬が、この二人目の自分を解き放っているのでしょうか？　僕は興味深くその顔を見ます。興味もあるし、ある種の困惑もあります。他の人たちも今までに同じことを経験しているのでしょうか？　僕たちの顔。それに、道を歩いてお互いを見る時、人々は何を見ているのでしょう？　それは僕が見ているものと同じなのでしょうか？　僕たち命ある者、このみなが見るということ。人々は見ています。しかし何を見ているのか？」

マックスはアナウンサーの真似をやめていた。彼はマーティンを見ている。彼ら二人とも、夫も妻もそうしていた。若者はいわゆる中景というものをじっと見つめていた。注意深く、落ちついて。そして彼はまだ話していた。

「一つの逃避は映画です。僕は生徒たちに言っています。彼らは座って聞いています。白黒の外国語映画。なじみのない言語の映画。死語でも、語派でも、方言でも、人工言語でもいい。字幕は見ちゃだめだ。僕は彼らにきっぱりと言っています。画面の下に出てくる、話されている会話の活字化された翻訳は見ないこと。僕たちは純粋な映画、純粋な言語を求めているんです。インド＝イラン語派。シナ＝チベット語族。人々が話しています。彼らは歩き、話し、食べて、飲みます。白と黒の正真正銘の力です。映像という、光学的に形成された複製の。生徒たちは座って聞いています。優秀な若い男女です。でも彼らは決して僕のことなど見ていないようです」

「聞いているじゃない」ダイアンは言った。「それが大事なことでしょ」

マックスはキッチンにいて、皿に食べ物をよそっていた。彼女は一人で散歩に出かけたかった。あるいは、マックスを散歩に行かせ、マーティンには家に帰ってほしかった。他の者はどこにいるのだろう？　テッサにジムに他のみなは。旅行者に、放浪者に、巡礼者に、家やアパートや村の仮兵舎にいる人たちは。車にトラックに、車道の騒音はいずこに？　スーパーサンデー。誰もが家か、あるいは薄暗いバーか社交クラブにいて、試合を見ようとしているのだろうか？　何百万もの空白の画面を考えてみる。動かない携帯電話のことを想像してみる。

携帯電話の中で暮らす人たちに何が起こっているのだろうか？

マックスはバーボンに戻った。ダイアンは今では若者が立っていて、いつもの前屈みではなく、首を上げてまっすぐ見上げているのに気づいた。

彼女はしばらく考えていた。

「天井の絵をね、ローマでは」彼女は言った。「観光客が見上げていたわ」

「立ち尽くしてじっとしているんですね」

「聖人たちに天使たち。ナザレのイエス」

「輝かしい人物です。ナザレの人。アインシュタイン」彼は言った。

― 5 ―

日常生活のまっただ中でのシステム停止。

診療所は一階で、いくつものロビーと部屋があり、ジムとテッサは扉やら、出口サインやら、チカチカする赤い光やら、手書きの掲示物が貼りつけられている前やらを歩いた。職員たちは普段着の上にパタパタする診察衣を着て、二人の前を慌てて通り過ぎた。

ヴァンから降りた他の者たちは、それぞれ部屋に入ったり、列を作ったり、そこら辺で立ち話をしたりしていた。わずかだがヴァンに残った者たちもいた。行き先は不明だ。

狭苦しく仕切られたブースで、スツールに座って前屈みになっている女がいた。

「事務の人ね」テッサは言った。「案内係よ」

彼らは、その女と話すために待っている人々の長い列に加わった。ロビーの明かりはどんどん薄暗くなってきていた。

しばらくしてからジムは言った。「なんで俺たちはここに立っているんだ?」

「あなたが怪我したからよ」

「怪我か。頭にな。忘れてた」

「忘れてたのね。ちょっと見せて」テッサは言った。「深いわね。ひどい。不時着してからシートベルトを外して、あそこから飛び出た時にはもう血が出てたわ」

「窓に頭をぶつけたんだ」

「我慢して列に並んで、あそこに座ってる係の人の言うことを聞いてみましょうよ」

「でも、まずはさ」

「でも、まずはね」彼女は言った。

彼らは列を離れ、やっと空いているトイレを見つけた。その狭い空間の中で、彼は彼女をむきだしの壁にもたれさせ、彼女の方は自分のコートを開き、彼のベルトを外してズボンとパンツを下ろし、頭が痛まないか問うた。彼はゆっくりと慎重に服を脱がしていくという形で彼女に応じた。二人は自分たちが、どんな時に、どんな場所で、どんな風に、どんなことをしているかについて語らい、お互いに指示を与えながら、笑いをこらえていた。彼女の体は壁に沿ってゆっくりとずり下がっていき、彼は距離とリズムを保つため膝を曲げていた。

何者かが扉を叩くと、個室に向けて言ってのけた。**ちょっとはわきまえろよ。**続けて訛《なま》りのある別の声も聞こえてきた。彼らが行為をすっかり終え、鏡のそばに備えつけてあったティッシュでお互いを大まかに拭いていた時に、テッサはどこの訛りかしらと国名一覧をささやいていた。

彼らは着衣を終え、しばしお互いに見つめ合った。この見つめ合いこそが、今日という一日に二人の生還、そしてお互いの結束の深さをよく示していた。物事と外の世界のあり様。そちらの方については、いつであれしかるべき時になれば、違った見方で目を向けることが求められるだろう。

それから、二人は扉を開けて、ロビーを進んだ。列は今ではかなり短くなり、彼らは並んで待つことにした。

「いざっていう時には、ここからならあの人たちのマンションまで歩いて行けそうね」

「俺たちの友達だからな。きっと何か食べさせてくれるだろう」

「私たちの話も聞いてくれるわ」

「彼らの知ってることも教えてくれるだろう」

「スーパーボウル。どこでやっているのかしら？」

「光が当たって影もある、どこか温かいところだよ」彼は言った。「何千というやかましい連中が前にいるんだ」

ブースにいた女は彼らを見上げた。新たに続いた顔と体だ。一日中、人々が前に立ち、話し、聞き、どこに行き、誰にかかり、どのロビー、どの部屋に行けばいいかについての指示を待っている。そして彼女は、彼らが何者で何を求めているかをあらかじめ知っているかのごとく、頷いていた。

彼女は座ったスツールに貼りつけられているかのようだった。

「乗っていた飛行機なんですがね、私たちは不時着することになったんです」テッサは言った。「この人が怪我をしました」

ジムの顔は女よりもはるかに高いところにあったので、彼は前屈みになって傷を指さした。休み時間に怪我をした男子生徒のような気分だった。

「私は実際の人体については一切関知していません。見ませんし、触りません。検査室をご案内します」彼女は言った。「そちらでは資格のある者が治療するか、あるいは別の部署の別の者のところへ行くよう指示します。私が本日接した方にはみんな、物語がありました。あなた方お二人は飛行機の不時着です。他の方々は、地下鉄が止まったり、エレベーターが停止したり、オフィスビルが無人になったり、お店がバリケード封鎖されたりです。私はみなさんに、私たちがここにいるのは怪我をされた方のためだと言っています。私は現在の状況について助言を提供するためにこの場にいるのではありません。**現在の状況**とはどういうことかって？」

彼女は目の前にある、壁にかかった装置のパネル上の空白の画面を指し示した。彼女は中年で、ロングブーツに、丈夫なジーンズに、厚手のセーターを身にまとい、三本の指にリングをはめていた。

「こうは言えます。何が起こっていようとも、それは私たちのテクノロジーを粉砕しているのだと。このテクノロジーという言葉そのものが、私には時代遅れで、宙に浮いているように感じられます。一体どこで、私たちの安全な機器に不正に忍び込んだのか。私たちの暗号化能力に、ツイートに、荒らしに、ボットはどうなっているのか。データ圏内のあらゆるものが、歪曲され、盗み出されることになるのでしょうか？　そして、私たちはただここに座って我らが運命を嘆くしかないのでしょうか？」

ジムはまだ身を屈めて傷を示していた。女性は前屈みになり、首をひねって彼を見上げた。

彼女は言った。「どうして私はこんなことをあなた方にお話ししているのか？　なぜって、とにかく飛行機が不時着し、あなた方は何が起きてるのか聞きたがっているからです。それに、状況が許すならば、私はいまだに、ちっちゃいおしゃべりな女の子だからです」

テッサは言った。「私たちがここにいるのは聞くためですよ」

頭上の明かりがチカチカして弱まり、やがて消えた。診療所中に即座に沈黙が広がった。みなが待っている。待つことにはまた、恐怖の感覚もあった。というのも、このことが何を意味するか、ことのなりゆきがすでに劇的に変動している中で、この電気の異常がどれほどの影響力を持ち、どれほど長く続くか、まだ明らかでなかったからだ。

女は彼らに向かってささやき声で語り始めた。まずはどこで生まれ育ったか、両親と祖父母の名に、兄弟姉妹のこと、学校、診療所、病院のこと。その声は親しげで穏やかながら、ヒステリー気味でもあった。

彼らは待っていた。

彼女は最初の結婚のことから再び語り始めた。初めての携帯電話のこと、離婚のこと、旅行のこと、フランス人の恋人のこと、路上での暴動のこと。

さらに彼らは待った。

「メールもだめだわ」彼女は背を後ろに傾け、手の平を上げながら言った。「とにかく考えられないことだわ。私たちはどうすればいいの？　誰を責めればいいのかしら？」

身ぶり手ぶりはほとんど見られない。

「メール・も・だめ。想像してみて。声に出してみてよ。どんな風に響くか聞いてみて。メール・も・だめ」

言葉の区切りごとに、彼女の頭はわずかながら上下に揺れていた。懐中電灯を持った誰かが出入り口のところに立ち、一人ずつ光で照らし、さらにもう一度同じことを繰り返すと、一言も言わずに去っていった。

短い中断が入り、それから女は暗闇の中で話を再開した。ささやきは今では一段と濃密になっている。

「進歩すればするほど脆弱になる。我らが監視システムに、顔認証装置に、映像解析。自分たちが何者かを私たちはどうやって知るのかしら？　寒くなってきたってことは私たちには分かっているわ。ここを出て行かなければならなくなったら、何が起こるかしら？　明かりもなければ、熱もなくて。お家に帰って、トゥルース&ビューティーってレストランの上の私が住んでるところで暮らす。もし地下鉄もバスも動いてなかったら、もしタクシーも行ってしまったら、建物内のエレベーターが動いてなかったら、それでもし、それでもし、それでもし。私はこのブースが大好きだけど、でもここで死にたくはない」

彼女は少しの間黙っていた。明かりがぼんやりとだが戻った時、ジムは無表情でまっすぐに立っていた。長身で色の白いアンドロイドのようだ。

女は今では通常時の声で話していた。

「分かりました。傷を拝見しましたが、間違いなく、あなたはロビーを進んで、左側の三番目の部屋に行くといいでしょう」

彼女はそちらの方向を指さし、それからウールの手袋を両手にはめて、もう一度、命令のごとく指さした。

「それでそちらの方が終わったら、どうなさるのですか？」

「友達に会いに行くんです」テッサは言った。「当初の予定通りに」

「どうやって行くんですか？」

「歩いてですよ」

「それから何を？」女は言った。

「それから何を？」ジムは言った。

　彼らはテッサが、この根本的な難題について思うところを表明するのを待っていたが、彼女の方はただ肩をすくめただけだった。

　ロビーを進んだ部屋では、大きすぎる診察衣に野球帽という出《い》で立ちの若い男が、つま先立ちになってジムの傷に薬を塗り、しっかりと包帯を巻いた。ジムは握手し、気持ちを切り替え、そして彼らは出発した。

　外に出て道端で、彼らはヴァンから見たジョギング中の女の話をした。彼女をもう一度見られたら勇気づけられただろう。強風の中彼らは早足で進み、首を縮めていた。すれ違った人間は、おそらく自分の持ち物すべてを詰め込んだ使い古しのカートを押す、よたよた歩きの男だけだった。彼は二人に手を振るために立ち止まり、カートから離れ、彼らの動きを真似して身を屈め、大股で数歩歩いた。二人は手を振り返して前に進み続けた。大きな交差点では交通整理のためのデジタル機器が作動しておらず、それを支える鉄棒が一本、わずかに上がっていた。

彼らには歩き続ける以外、することなど何もなかった。

— 6 —

瞬く間に訪れる未来での七刻みのカウントダウン。

居間中に六本の蠟燭が置かれ、ダイアンは最後の一本にやっとマッチで火をつけた。

彼女は言った。「今って、私たちが何か言うなら、事前に発言内容に気を配らなきゃいけない状況かしら？」

「薄暗がり。それは大衆の意識の内のどこかに存在しています」マーティンは言った。

「中断、かつて同じことを経験したという感覚。ある種の自然発生的な故障か、外国からの侵入か。私たちが祖父母か曾祖父母か、あるいはさらに先代から受け継いだ、警告的感覚。深刻な脅威にとらえられた人々」

「それが私たちということなの？」

「僕はしゃべりすぎですね」彼は言った。「理論と思索をひねり出しているんです」

若者は窓辺に立ち、ダイアンは彼がブロンクスの家に帰るつもりなのだろうかと思った。彼は家まで歩き続けなければならないだろう。イーストハーレムを通り抜けて、橋の一つに向かうのだ。歩行者も渡れるのかしら？　それとも橋は車とバス専用？　外では何もかもいつも通りに動いているのかしら？

そんな風に考えると彼女は心が落ちつき、一晩彼を泊めてあげればいいという気になった。ソファーに毛布で、そんなに面倒なことではない。

ストーブは止まり、冷蔵庫も止まる。熱は壁へと吸い込まれて消え始める。マックス・ステナーは椅子に座り、空白の画面に目を向けていた。今度は彼が話す番のように思われた。彼女はそれを察知し、頷き、そして待っていた。

彼は言った。「さて、食べよう。そうしなきゃ、食べ物が堅くなるか、軟らかくなるか、温《ぬる》くなるか、冷たくなるか、まあとにかくそんなとこだ」

彼らはそれについては考えていた。だが誰もキッチンの方へは動かなかったのだ。

それからマーティンが言った。「フットボール」

長い午後がどう始まったのかを思い出させてくれる言葉だ。マックスは彼のような人間がするには奇妙な動作をした。ボールを投げようとしている選手のスローモーションの動きで、体は平衡を保ち、左手を前に突き出してバランスを取り、ボールをつかんでいる右手は後ろに来ていた。

部屋をはさんでこちら側にはマーティン・デッカーが、向こう側にはダイアン・ルーカスが立っていて、奇怪な出来事に困惑していた。

マックスはその体勢でいるのに没頭しているようだったが、ついには自然な姿勢に戻った。彼は空白の画面の前に戻った。中断は沈黙へと変わりつつあり、おかしくはあれども、それは普段通りのことのように思われ始めていた。ダイアンは夫がウイスキーを注ぎ足すのを待っていたが、彼は少なくとも今のところは、何の興味も示さなかった。単純明快なあらゆるもの。そういったものは一体どこへ行ってしまったのか？

マーティンは言った。「僕たちはその場しのぎの現実の中に生きているのでしょうか？

これはもう言いましたっけ？　まだ到来したとは思われていない未来」

「発電所が停止した。それだけのことよ」彼女は言った。「そんな観点からこの状況を考えましょうよ。ハドソン川沿いの施設がね」

「僕らが何者なのか、いかに生き、考えているのかをさらけ出す人工知能」

「明かりは戻るし、熱も戻るし、私たちの集合的意識もせいぜい一日か二日で元のところに戻るわよ」

「人工的未来。神経インターフェイス」

彼らはお互いを見ないと決めているようだった。

マーティンは特に誰に向かってというわけでもなくしゃべり、教え子たちの話を持ち出した。出自は地球全土に散らばり、言葉の訛りは種々雑多で、みなが賢く、彼の授業のために特別に選抜され、彼の言うだろうあらゆること、あらゆる課題、物理学という学問の範囲を超えて彼の投げてくるあらゆる提案に対して、準備万端だった。彼は教え子たち相手に名前を挙げていった。奇跡学に、存在論に、終末論に、認識論。彼は自分を抑えることができなかった。形而上学に、現象学に、先験論。彼はいったん黙り、考え、そして続けた。目的論に、原因論に、個体発生論に、系統発生論。彼らは見た。彼らは聞いた。彼らはよどんだ空気を嗅いだ。そのために彼らはそこにいたのだ。彼らみなが。生徒も教師も。

「それで生徒の一人が、自分の見た夢のことを語ったんです。映像ではなく、言葉による夢です。四文字です。彼はその言葉で目覚めると、ただ宙を見つめました。**傘が要撃**。**傘**と、助詞の**が**。そして**要撃**です。彼は後者の単語を調べねばなりませんでした。どうしてこれまで出くわしたことのない言葉を夢に見られたのでしょうか？　**要撃**。待ち伏せして襲うこと。でも本当に不思議に思えたのは、助詞**が**のついた**傘**の方でしたよ。それで四文字をくっつけて、**傘が要撃**です」

　彼はしばらくの間、待っていた。

「これは全部ブロンクスでのことです」彼はついに言い、ダイアンをほほ笑ませた。「そこで僕は立っていて、生徒たち、僕の生徒たちが、男の子と女の子がそれについて議論するのを聞くんです。僕自身も、その言葉が何を意味するのか不思議に思いましたよ。傘を手にした十人の男たち？　襲撃の準備をしているのでしょうか？　そして夢を見た生徒ですが、まるで彼の睡眠中に起きたことの責任が僕にあるかのような目で見てくるんです。完全に僕のせいだと。助詞の**が**が」

扉を叩く音がした。疲労のにじんだ音だった。エレベーターが動かず、八階分を上らねばならないのだ。ダイアンは扉の前に立ったが、取っ手に触れる前に動きを止めた。

「あなたたちだったらいいのだけど」

「俺たちだよ、一応ね」ジム・クリップスは言った。

二人はコートを脱いでソファーに放り投げ、ダイアンがマーティンの方に手を向けてその名を告げると、彼らは握手と軽い抱擁を交わした。マックスは立ち上がり、挨拶代わりに握り拳を上げた。彼はジムの額の包帯を目にすると、パンチの振りを二、三度した。

みながそこここに座ると、遅れてきた者たちはフライトとそれに続いたこと、商業地区と住宅街の中間地帯の光景について話した。送電システムがすっかりだめになっていた。

「暗闇の中で」

「街灯も、店も、高層ビルも、摩天楼も、どこの窓も、みんな電気が消えていてね」

「真っ暗」

「どこかで半月が上っていた」

「それであなたたちはローマから戻ったのよね」

「パリからよ」テッサは言った。

ダイアンは彼女が美しいと思った。混血で、その詩はあいまいで、深みがあり、印象的なものだ。

老夫婦はアッパーウェストサイドに住んでいた。だとすると、ジムとテッサは真っ暗な中、セントラルパークを通り抜け、それからさらに延々と住宅地区へと歩いてきたということになるだろう。

会話はしばらくして面倒なものとなり、不安の影が過《よ》ぎった。ジムは自分の足の間を見下ろしながら話し、ダイアンは両手を動かしながら、彼らの浅い理解力ではついて行けないようなどこかで行われている出来事について説明していた。

「食べ物を。何か食べた方がいい時間よ」彼女は言った。「でも先に、飛行機の中で出てきた食べ物を知りたいわ。自分がたわ言を言ってるのは分かってる。でも私がこれを聞くと、みんな絶対に覚えてないのよ。一番最近行ったレストランでの食事のことを聞くと、一週間前だったとしても、みんな言えるのよ。何の問題もなくね。レストランの名前も、メインディッシュの料理も、ワインの種類も、どこの国のものかも。でも、飛行機での食べ物はね。ファーストクラスだろうと、ビジネスクラスだろうと、エコノミーだろうと、そんなのは何の関係もないの。みんな自分が何を食べたか覚えてないのよ」

「ほうれん草とチーズのトルテッリーニよ」テッサは言った。

しばらくの間、誰もしゃべらなかった。

やがてダイアンが言った。「食べ物を。今ここでのための物をね。フットボール用の食事よ」

マーティンは彼女とともにキッチンに行った。他の者たちは蠟燭の明かりの中で静かに待っていた。やがてテッサがゆっくりとカウントダウンを始めた。二百から百九十三、百八十六と、七つずつ引いていき、最後に三からゼロまで、無表情で言語を変えながら数えていった。そしてついにマックスが事前に準備していた食べ物が届き、五人は座って食べた。キッチン用椅子に、揺り椅子に、肘掛け椅子に、肘なし椅子に、折りたたみ椅子。来客は誰も食後に帰宅するとは申し出なかった。ジムとテッサがソファーからコートを取ってきた時でさえもそうだったが、それは単に温まる必要があったからだ。食べ物を咀嚼する時、マーティンは目を閉じていた。

お互いがお互いに対する謎だったのだろうか？　彼ら同士の関わり合いがどれほど深かろうとも？　各人があまりにも当然のように一緒にいるので、彼ら彼女らは最終判定を免れたのだろうか？　部屋にいる他の者たちから下される評価が定着してしまうことを。

食事中もマックスは画面を見ており、食べ終わると皿を下ろして、見続けた。彼は床からバーボンのボトルとグラスを取り上げ、自分で一杯注いだ。ボトルを下ろすとグラスを両手で持った。

そして彼は空白の画面をじっと見つめた。

第二部

今や発射コードが未知の集団か組織に、遠隔で操作されているのは明らかです。世界中のすべての核兵器が機能しなくなっています。ミサイルが海上を空高く舞い上がってなどいないし、爆弾が超音速航空機から落とされているわけでもありません。

それでも戦争は進行し、それにまつわる言葉が積み上がっていきます。

サイバー攻撃に、コンピュータへの侵入に、生物を使った攻撃。炭疽菌に、天然痘に、病原体。死人、障害者。飢餓に、疫病に、他には何があるでしょうか？

送電網は壊滅。我々個々人の知覚は量子の支配下に屈します。

海面が急上昇しているのでしょうか？　空気が温まってきているのでしょうか、一時間刻みで、分刻みで？

人々はかつての争いの記憶を経験しているのでしょうか？　テロリズムの拡大、大使館へと近づく何者かを映した揺れる映像、胸に固定された爆弾チョッキといったものを？祈り、そして死ぬ。僕たちが目にし、感じることのできる戦争。

こんな回想には懐旧《ノスタルジア》の欠片《かけら》もつきものでしょうか？

人々は道に姿を現し始めます。最初は警戒し、やがて解放感を覚え、歩き、眺め、ぶらつきます。女たちに男たち、時折ティーンたちがかたまっています。この信じがたい時間における集団的不眠の間ずっと、みながお互いとともにいるのです。

そして、一定数の人間がコンピュータの停止や電気の枯渇を受け入れているらしいということは、奇怪ではないでしょうか？　これは彼らが常に、潜在意識において、素粒子の次元では、切望していたことなのでしょうか？　一定数の人間、常に一定数の。太陽から三番目の惑星、すなわち死す定めにある存在の領野たる地球という惑星の、人間という住民のうちのほんのわずかな数。

「誰も第三次世界大戦とは呼びたがりませんが、これぞまさにそれですよ」とマーティンは言う。

どうやら、どこもかしこも、あらゆる画面が消えてしまっているようです。見るもの、聞くもの、感じるもののうち、僕らに残されたものは何があるでしょう？　何人かの選ばれた者たちには、体内に電話のようなものが埋め込まれているのでしょうか？　重要な問題です、と若者は言う。それによって今のこの時間、分、秒を特徴づける地球規模での沈黙から守られているのでしょうか？　そんな連中は一体どいつらでしょう？　彼らはいかにして皮下での通話に接続するのか？　体に番号が振られているのか、一部の人間専用の警告を伝える第二の鼓動のようなものが存在するのか？

真夜中をかなり過ぎていたが、いまだに彼は話していて、いまだにダイアンが聞いていていて、いまだにジム・クリップスとテッサ・ベレンスという友人がここにいて、マックスは椅子で前屈みになっている。

ダークエネルギーに、幽霊波に、ハッキングとその対抗措置。

自ら決断を下し、時に自身を支配する大衆監視ソフトウェア。

衛星の追跡データ。

宇宙空間にとどまる標的。

全員が居間にいて、全員がコートを羽織り、三人は手袋もはめている。彼らの中の四人が、ただ一人立ち、しゃべりながら意のままに身ぶり手ぶりを交えるマーティンの話を聞いている格好である。

時間が飛躍してしまったと感じられるごとくに。混乱を助長するような何かが真夜中に起こったのだろうか？　そして、マーティンの声が変化し始めるあり様。

生物兵器に、それを保有する国。

咳込んで中断を挟みながらも、彼は長い一覧を読み上げる。他の者たちはそっぽを向いている。彼は手の甲で口を拭い、それからその手をじっくり点検しては話し続ける。

いくつかの国がですが。かつては熱烈に核兵器を支持していたのに、今では命ある兵器類のことを語っています。
細菌に、遺伝子に、胞子に、粉末。

ダイアンは彼が言葉を訛らせていることに気づき始める。単に彼自身のしゃべり方と違った声というだけでなく、特定の誰かを意識した声。これはマーティン版の英語で話すアルベルト・アインシュタインなのだ。

彼女には彼の言っていることが純粋な作り話なのか確信がない。彼を取り巻く何か、声のトーン、借用された訛り、自分が世界の出来事を知ることができるという感覚、たとえそれが何を意味しようとも、検閲済みのニュースを彼がどんな風に受信していようとも。彼自身が体内に電話を埋め込まれた者たちの話をしていたのではあったが。

彼女は馬鹿げたことだと分かっている。こんなことすべてが。彼女はまた、かつての教え子の根幹をなす本性の中に、そんな憶測を可能とする何かしらのものが存在するのに気づいてもいる。

彼女は再び無駄口をたたくが、今度はあくまでも独り言だ。

彼女はマーティンの発する訛りについては周りに対して何も言わないことに決める。彼は今ではより穏やかにしゃべり、言葉を両手で優しく撫でている。

波動構造に、計量テンソルに、共変性。

この部屋にアインシュタインを招くのはあまりにも込み入ったことかもしれない。そして彼女は、これらが、マーティンの聖典でありプレイブック〔アメフトチームの作戦や戦術を収録したノート〕である『一九一二年草稿』から飛び出た言葉なのか、あるいは、空中を漂う単なる雑音、すなわち第三次世界大戦の言語なのか、分からない。

彼は天才のようにも、取り乱しているようにも思える。アインシュタインではなくマーティンがだ。彼が一九二七年のブリュッセルでの会議に参加した科学者たち——二十八人の男と、キュリー夫人と呼ばれるマリー・キュリーという女——の名を次から次へと読み上げ、アインシュタイン自身についても、前列中央のアルベルト・アインシュタイン、とマーティンの声で言及した時にだ。

そして今では、彼は訛りのある英語から生きたドイツ語へと切り替えている。ダイアンは彼の言うことについて行こうと奮闘するが、すぐにその意味が完全に分からなくなる。模倣だの自己模倣だのと思わせるところはまったくない。それは完全に、マーティンがアパートで一人鏡の前に立つ時に、その頭の中にあるものだ。彼はそこにはおらず、ここで声を出しながら考え、内に引きこもり、頭を振り乱しているのだが。

アインシュタインの両親はパウリーネとヘルマンでした。

彼女はこの単純な一文は理解するも、聞き続けようとはしない。彼女はやめてほしく思い、そう彼に伝えるつもりだ。彼はまっすぐに立ち、自分自身としてかアインシュタインとして、熱心にしゃべっている。そんなのって大事なことかしら？

マックスは立ち上がり、伸びをする。マックス・ステナー。マックス。若者を黙らせるにはそれだけで十分だ。

「私たちは干からびて、気力を失っているな」マックスは言う。「鳥の脳みそになっているよ」

彼は玄関の扉の方へと歩き、肩越しに他の者たちに話しかける。

「もう何もかもやりきったよ。日曜日か、それとももう月曜日か？　とにかく二月だな。

私の満期日だ」

この発言によって彼が何を言わんとしているのか、誰にも分からない。

彼は上着のジッパーを上げて出かける。ダイアンは彼が階段を、一段、もう一段と歩いて降りるところを思い浮かべる。彼女の頭の中は今やスローモーションで動いている。彼女は彼に代わってテレビの前に座り、何かが画面に飛び散るのを待つのが自分の義務だと感じてしまいそうなほどである。

マーティンはしばらくしてしゃべるのを再開する。英語に戻っていて訛りもない。

インターネット兵器の競争に、無線信号に、対監視。

「情報漏洩」彼は言う。「暗号通貨」

彼はこの最後の言葉を、ダイアンをまっすぐに見ながら言う。

暗号通貨。

彼女はこの言葉を頭の中に思い浮かべる。暗号と通貨をバラバラにせずに。

二人は今ではお互いに目を向けている。

彼女は言う。「暗号通貨」

彼女にはこれがどんな意味かを彼に問う必要がない。

彼は言う。「荒々しく動きまわるお金です。新しく開発されたものではなく、いかなる政府の支えもありません。金融は大混乱です」

「それで、いつ起こるの？」

「今ですよ」彼は言う。「もうずっと起きていますし、これからも起き続けるでしょう」

「暗号通貨」

「今です」

「暗号」彼女は言う。いったん言葉を止め、その瞳をマーティンに向け続けながら、「通貨」と。

この区切られた二つの言葉のどこかに、秘密で覆われた親密な何かが。

続いてテッサがしゃべる。

彼女は言う。「もしもね?」

こう言ってから長い中断が入り、雰囲気が変わる。彼らはさらに待つ。

「もしもこのすべてが、生きて呼吸をしている幻想のようなものなら、どうなるのかしら?」

「それなりに現実的なものになったよ」ジムは言う。

「もしも私たちが、自分がこうだと考えているのとは違った存在だとしたら? もしも私たちの知っている世界が、私たちが立って眺めるか、座って話している間に、すっかり変わりつつあるとしたら?」

　彼女は片手を上げて、日々の人々のざわめきを表すかのように、指の一本一本を前後に動かす。

「そこの若い人が言うように、時間は飛び去ってしまったの?　それとも崩壊したのかしらね?　そして路上の人たちは突発的に暴徒化し、野放しになり、破壊に押し入りをね、あらゆるところで、地球全土でして、過去のことなんか拒絶して、あらゆる習慣や秩序から完全に解き放たれるのかしら?」

　誰も窓の方を見に行こうとはしない。

「次は何が来るかしら?」テッサは言う。「私たちの認識の片隅には常にあったわ。停電に、テクノロジーの緩やかな衰退、どこかがだめになると、また別のどこかがだめになる。私たちはそれが何度も起きるのを、この国でも他の場所でも目にしてきたわ。嵐に、山火事に、避難、台風、竜巻、干魃《かんばつ》、濃霧、大気汚染。地滑り、津波、川の消滅、家屋倒壊、ビルの完全な崩落、汚染された空。ごめんなさい。いい加減に黙ろうと思うのだけど。でも、誰もの記憶の中に生々しく残っている。ウイルスに、疫病。空港の発着ロビーを進み、顔にマスクをして、街中には誰もいなくなった」

テッサは自身の中断に伴う沈黙に言及する。

「このマンションの中の空白の画面から私たちの置かれた状況まで。一体何が起きているの？　一体誰が私たちにこんなことをしているの？　私たちの精神はデジタルリマスターされちゃったのかしら？　私たちはたまたま失敗に終わった実験なの？　私たちの憶測を超えたところの力で動いている陰謀なの？　こんなことが問題になったのは今回が初めてじゃないわ。科学者が何かしら語ってきたし、何かしら書いてきた。物理学者に、哲学者が」

第二の沈黙の最中、みなの顔はマーティンを向いている。

彼はすべてを見ることのできる軌道上の衛星の話をしている。僕らが生活する街路も、僕らが働くビルも、僕らが履いている靴下も。小惑星の雨も。小惑星でいっぱいの天空も。いつでも起こり得るんです。惑星に接近して隕石と化す小惑星。吹き飛ばされた太陽系外の全惑星。

なぜ僕らではないのでしょうか。なぜ今ではないのでしょうか。

「僕らがしなくてはならないのは、僕らの状況を考えることだけです」彼は言う。「外にあるのが何であろうとも、僕らはまだ人間ですし、文明という人間の断片ではあります」

彼はそのフレーズを漂わせておく。人間の断片。

テッサは周りから遊離し始める。彼女は若者の発する音声から徐々に離れていく。彼女は思案に耽《ふけ》り、一人になる。自分自身を見る。彼女はここにいる他の者たちとは違う。彼女は服を脱いで——色っぽくではなく——自分が何者なのかを彼らに示すところを想像する。

ふざけちゃだめ。ここに戻らなきゃ。あるいは、どこか近く、寝室に移るなんてどうか。二人は死にかけたし、セックスもした。眠りが必要だ。彼女はジムを見て、顔を廊下の方へとわずかに傾ける。

彼はダイアンに寝室はどこか聞く。長いフライトに、長い一日で、ちょっと眠れるといいかもしれない。

彼女は二人が廊下を歩くのを見る。このすさまじい時間の中で気力が衰えてきていたので、彼女はもう驚かない。彼らが経験したことの後に睡眠というのは、不思議ではないし、理解できる。彼女は今朝、ベッドを整えて、部屋の掃除をしたか思い出そうとしている。マックスがたまに掃除するのだ。彼は掃除をし、それから几帳面に点検するのだ。

寝室は一つだけだし、ベッドも一つだ。でもジム・クリップスとテッサの好きにさせよう。たとえ彼女の名字が何であろうとも。二人は明け方には家へと向かうだろう。

マーティンが再びしゃべっている。

「ドローン戦争です。どこの国のものかは考えないで下さい。ドローンは自動化されているんです」

彼は居間に残っているのが、自分とダイアンだけであることに気づき始めている。

「ドローンが今、僕らの上にいる。お互いに警告を放ち合っているんです。ある種の孤独語を武器としながら。ドローンにしか分からない言語です」

五人から、二人へ。どんな風にそうなったのか。男は立ったままで、二人はお互いを見る。女は自身がまだ暗号通貨のとりこであるのに気づく。

彼女はその言葉を口にし、彼の反応を待つ。

ついに彼は言う。「暗号通貨に、マイクロプラスチック。あらゆる次元で危険があります。食べて、飲み、投資する。呼吸し、吸い込み、肺に酸素を取り込む。歩き、走り、立つ。そして今や、アルプスの荒野の高みで、北極の荒れ地で降る純粋なる雪の中に」

「何が？」

「プラスチックです。マイクロプラスチックですよ。我らが大気中に、我らが水の中に、我らが食物の中に」

彼女は性衝動のような何かがわき起こってくるのを耳にすることを望んでいたのだった。彼にはもっと言うことがあるのが彼女には分かっており、見て、待っている。

彼は言う。「グリーンランドは消えようとしています」

彼女は立ち上がり、彼の方を向く。

彼女は言う。「マーティン・デッカー。私たちが何を欲しているか分かっているでしょ？」

キッチンへと移動し、彼女が冷蔵庫の扉の二本の垂直の棒に背中を押しつけて立てば、二人は現在進行中の事態の精神にのっとって、素早くそれをなし、そして忘れることができるだろう。

彼はベルトを外し、ズボンを下ろす。チェック柄のパンツを穿いてそこにしっかりと立ち、今までで一番長身に見える。彼女がドイツ語で何か言うよう求めると、彼がそれに応えて、まとまった言葉が素早く声に出される。彼女は訳してくれと頼む。

彼は言う。「資本主義とは、生産と流通の手段が個人あるいは企業により所有され、その発展が自由市場において獲得された利潤の蓄積と再投資に比例する経済システムである」

彼女は薄笑いを浮かべながら頷き、彼にズボンを上げ、ベルトを締めるよう身ぶりで伝える。彼女は彼がベルトを締める真似をすると満たされた気持ちになるのに気づく。彼女は、かつての教え子とのセックスが、取るに足りない小さな震えを心の中で引き起こすかもしれないが、体の方にはそんなものの居場所などどこにもないと分かっている。

彼女は彼が玄関から歩いて出ていくだろうと考え、今の状況がどうであれ、帰宅しようとする彼を思い浮かべるのを残念に思う。だがそうはせず、彼は一番近くの椅子まで大股の三歩で達し、それに座し、空中を眺めている。

寝室ではテッサが家に帰ることを考えている。家にいるのだ。いつの日か、夫婦がお互いに目を向けずに素通りし、片方がしゃべれば、もう片方がいつものあいつがどこか近くでうるさくしているなとしか感じずに、**何**《なに》と聞き返すだけになる家という場所にだ。ジムは今ではそばにいる。ベッドの中、彼女の隣で眠り、体はわずかに震えている。

彼女は明日、次の日に、すっかり目覚めている時に、家の自分の机で取り組みたいと思っている詩がある。最初の一行がしばしの間、脳内で飛びまわっている。**のたうちまわる空虚の中。**

目を閉じて集中すれば詩が見えることだろう。暗い背景のもと置かれた文字が見え、その後には何であれ、面前にあるものに対して目をゆっくりと開いていくのだ。ほとんどは数インチ程度のものだ。紙押さえに、写真に、おもちゃのタクシー。

ジムは今や目を覚ましている。彼は長い時間をかけてゆったりと欠伸《あくび》をする。テッサは彼には分からない言語で何か言うが、やがて彼はそれが単なる遊びで、消滅した言語だか、方言だか、個人言語（それが何であれ）だか、まったく別の何かだかであるのに気づく。

「家はさ」彼はついに言う。「一体どこなんだ？」

人だらけの道を突き進んでいると、マックスはしぶしぶではあるがあの若造の言っていた何かしらを思い出し、今ここで自分が見ているものは、三次元に移し替えられたマーティン・デッカーの頭の中の景観の一つなのではないかと考える。

他の街もこうなんだろうか？　人が暴れまわって行き場もない。カナダの街の集団があふれ出し、ここの人群れに加わっているのだろうか？　ヨーロッパとは不可能なる一つの人間の群れなのか？　ヨーロッパでは今何時だ？　街頭が人間でごった返しているのか？　何万もの連中で。アジアとアフリカ全土、その他は？

いくつもの国の名が彼の頭を駆け巡り続け、人々は彼やお互いに向かって話しかけようとしている。彼は、ボストンで二人の子や夫と暮らす娘と、どこかを旅しているもう一人の娘のことを考え、そして奇妙で圧縮された閉所恐怖症的な瞬間に、娘たちの名を忘れてしまう。

彼は壁のもとに立ち、眺める。

それなりに平穏な別の時には、朝も、昼も、夜もいつも、携帯電話とにらめっこをしている連中がいる。歩道の真ん中で周りのみなが大急ぎで通り過ぎるのも気づかずに、機器に没頭し、魅了され、飲み込まれている。あるいは彼の方に進んできては向きを変える。だが、連中は今やそれができない。デジタル中毒者はみな、携帯電話が止まり、何もかもが止まる、止まる、止まる。

彼は自分に、家に向かうべき時だ、人波を押しのけて進まねばならないだろうと言い聞かせる。人間たちは寒さに背を丸めていて、毎分、千人分の顔を見られる。人々は取っ組み合い、殴り合い、小規模の暴動があちこちで起き、呪いの言葉が宙を舞っている。彼はもう数秒間、準備運動として肩をまわしながら立ち尽くす。そしてマンションに着いたら、部屋まで上る時に階段を数えようと決める。かつてはそうしていたが、何十年間もご無沙汰で、その趣旨は何だろうかと考え始める。

やがて彼は揺れ動く人波の中へと歩いて行く。

家の方では——他にどこがあるというのか？——ダイアンが小声でながらも、キーキーと口をついて出てしまう小言を抑えようとしている。

彼女は言う。「チリのどこか」

これは何かを意味しているらしいのだが、彼女はそれが何であるか思い出せない。彼女はマーティンを見た後に、寝室から戻ってきた他の二人に目を向ける。男の方は欠伸《あくび》をしていて、女の方はほとんどしっかりと服装を整え、短い靴下を履いているが、靴はない。ダイアンはほんの少しだが品のない言葉をつぶやき、時の迷いに屈してセックス狂の客人に寝室を使わせてしまった自身を嘲《あざけ》っている。

あるいは、もしかしたら二人はただ休んでいただけかもしれない。それが彼らの言っていたことであり、彼女が当初は信じていたことだ。

マーティンは言う。「チリ北部中央のパッチョン山《セロ・パッチョン》の尾根に」

「何だいそれは?」ジムは言う。

「大型シノプティック・サーベイ望遠鏡です」

彼はそれについて説明を続けるが、やがてマックスが歩いてきて、上着のジッパーを下げる。みなは彼が何か言うのを待っている。彼は上着を脱ぎ、床の上のリモコン装置、バーボンのボトルと空いたグラスの隣に落とす。彼はグラスを満たして飲んだ生《き》のウイスキーによる気つけで、頭を揺さぶっている。

路上では何が起きているの?　外では何が?　外には誰が?

彼は言う。「知りたくなんかないだろ」

それから彼はグラスを掲《かか》げる。

「ウィドウジェーン」彼は言う。「アメリカンオークの樽で熟成させた十年ものだ。これは前に言ったかな?」

彼は飲み、体を前に、そして左に傾け、テッサの両足を見る。

「あんた、靴はどうしたのかね？」

「私なしで歩いて行ってしまったわ」彼女は言う。

みな、今では気分が良くなっている。

マーティンはまだ終えていない。彼は言う。「これからは、今後はですね。人々は自分たちがまだ生きていると、自身に言い聞かせ続けねばなりません」

ジム・クリップスは自らの呼吸に耳をすませる。それから彼は額の包帯に触れる。単にそれがまだそこにあることを確かめ、はっきりさせているのだ。

残りのうちの二人——テッサとマックス——はほとんど目覚めていない。ダイアンは自分がここにいるのはかつての教え子の話を聞くためなのだと悟る。かつて彼の方が彼女の話を聞いたように。

「僕たちがこういったすべてを終えたなら、その時こそ、僕が自発的な死を受け入れる時なのかもしれません。自発的死《フライトート》を」彼は言う。「でも、僕は真剣にそれを考えているのか、それとも単に構ってほしいだけなのか？　それに僕らのいる状況。僕は家に、一人で、部屋の中にいた方がいいのではないか？　それこそが、この状況が許していることなのではないか？　誰からも、どこからも言葉などない。座ってじっとすべき時間」

彼は椅子の端をつかみ、自分が座っているという事実を確認する。

「それとも僕はいささか尊大すぎるでしょうか？」彼は言う。ゆっくりと、問いを立て、両手はこわばり、目の力は弱っていく。彼女がかつて目にしてきて、今では形而上学的だと感じている、茫然自失に近い状態に彼がなり始めていくにつれて。

「これまでの人生でずっと、僕はそうとは知らずにこれを待っていたんです」彼は言う。

ダイアン・ルーカスは何か言うことに決める。もっとも、何が飛び出すかまったく分からないけれども。

「宙を眺める。時の流れを見失う。ベッドに向かう。ベッドから出る。何ヶ月も、何年も、何十年もの授業。生徒たちは聞いてくれるものよ。生い立ちはみんな違ってる。黒い顔に、白い顔に、その中間の色。ヨーロッパ中の街頭で何が起こってるのかしら？　私が歩き、見て、聞いた場所で。自分がものすごくおめでたい頭をしてる気がするわ。早く辞めすぎた大学教授。教え子たちに刺激を与えられたらいいなんて思っている。生徒の一人は今ここで隣にいるわ。世界の終わりについての映画。部屋に取り残された人たち。でも私たちは取り残されたわけではない。いつでも出られるもの。外での凄まじい困惑の感覚を想像してみるわ。夫は自分が見たもののことを語りたがらないけれど、でも路上では狂ったように大騒ぎしてるのでしょうね。そして一体なぜ、立ち上がって、窓のところまで歩き、見るというだけのことが、私はこんなに億劫なのかしら？　でもこんな事態が発生しなければならなかったのかしら？　それは私たちの中の誰かが考えてることじゃないのか？　私たちはこの方向に向かっていたのよ。驚くことでもなければ、不思議でもない。完全に損なわれた方向性。あまりにも限られた情報源からの、あまりにも多くのあらゆるもの。そして、私がこんなこと全部を語ってるのも、もう真夜中も過ぎて、私は寝てないし、ほとんど食べていないし、ここに一緒にいる人たちが私の話していることなんかほとんど何も聞いてないからかしら？　誰か、私が間違っていると言って。でももちろん誰もしゃべりはしない。私は授業をまたやりたいし、教室に戻って教え子たちに物理学の原理について話したいわ。あれこれの物理学について。時間の物理学について。絶対時間についいて。時間の矢について。時間と空間について。口を閉じる前に、『フィネガンズ・ウェイク』から迷い出た一節を読み上げるわね。私が途切れ途切れにどこででも、永遠に思える時の間、読み続けた書物よ。その一節は心の中のふさわしいところに、言葉の**保護区**に、しっかりと留まっているわ。**素《そ》っ気樽主《けそんしゅ》が扉《とびら》を閉《し》め叩《たた》む前《まえ》に。**あともう一つだけ言っておくわ。今度は自分自身に対して。お黙りなさい、ダイアン」

——

ジム・クリップスは椅子に座って深く身を屈め、下を見て、長い両手をぶら下げながら、カーペットに向けてしゃべっている。

「そう、俺たちはあそこにいた。座って、眠りかけ、着陸前の軽食を待っていた。その時に災禍が始まった。俺たちの飛行機は揺れて、ドスンドスンとやかましい騒音を発した。空港や滑走路の近くにはいなかったと思う。ドスン、ドスン、ドスンだ。窓の外を見たけど、何も見えなくて、操縦士が安心させてくれるのを待ったね。あの時と同じように、ここでもテッサが俺の隣に座っている。俺は彼女を見なかったはずだが、それはテッサの顔に浮かんだものを見たくなかったからさ。飛行機はひどく揺れていたよ。アナウンスの声が聞こえてきても、ちっとも安心させてくれやしない。これはそんな風に始まり、そんな風に感じられるものなんだ。俺たちより前にも、これを経験して、永遠に沈黙することになった何千もの数の乗客がいてね。これは俺や何千もの連中に起きたのか、それともグダグダとしゃべってる間に俺がでっち上げたものなのか？　十年以上前のような気がするけど、これはとにかく今日、ほんの何時間か前に起こったことだ。何時間前だ。フランス語の操縦士に、シートベルトに、着陸前の軽食に。あのいまいましい軽食はどこへ行ったのか。テッサはフランス語を話すんだ。俺のために訳してくれたっけ？　してくれなかったと思うけど、多分しようとしてくれていたんだ。こんな風に続けてすまないが、それから不時着して、突然大きくなった凄まじい爆音に、神の声のごとく思えた衝撃。お赦しを。そして俺の頭は窓にぶつかった。俺は窓の方へと横に投げ出されたんだ。誰かが**火だ**と叫び、翼は燃え、俺は血が目のあたりまで流れてきてるのに気づき、テッサの手を求めて自分の手を伸ばした。彼女はここにいて、何かを言っていて、通路の向こうでは誰かが少し咳き込み、なかば叫んでいた。**だめだ、だめだ、だめだ**。まあ、とにかく、短い物語をさらに短くするとだな、俺たちはどうにか降りてきて、しばらくの間ガタガタ揺れ、もちろん、後でこの出来事をあらゆるシステムの壊滅と結びつけるまで俺はどうしようもなくて、俺の手はテッサの手首に触れ、彼女は俺の顔面の血を見つめいた。今回が、俺が本気であのことについて考え、思い出した初めての機会だ。その前は、ヴァンに乗って、診療所に行き、やたらとしゃべってしゃべってしゃべってばかりの女がいて、俺の頭に包帯を巻いた野球帽の男がいた。道ではさ、若い女がジョギングしてたよ」

マックス・ステナーは退屈を装《よそお》うとしている。彼は自分の椅子――肘掛け椅子だ――に座り、目をほんの少しだけ開いている。

「階段がな。路上の人混みの間から戻ってきてだな。今ここで。階段を数えるんだ。ガキの時によくやったものさ。数えると十七段だった。だが、時に数が違った、あるいは違うみたいだったんだ。数え間違えたのか？　世界が縮んでいたのか、拡がっていたのか？　それはもう昔のことさ。今では周りの連中は、子どもの私が想像できないなんて言ってきやがる。私はマックスと呼ばれていただろうか？　小さな町で育った。やつらが他にも想像できないことと言えばな。母親に兄弟姉妹だ。怒れる連中どもが群れをなしてもいなければ、高いビルもない。十七段。借家で、誰だかの二階建ての家の上の部分を借りていた。車庫に沿って九段、そこから私たちの部屋まで八段あった。マックスという名のガキ。そしていきなりだが、私はここにいる。父親であり、仕事のおかげで豪華な高層ビルに入って、地下や階段や屋上を調査し、建築法違反がないか探る。違反は大好きさ。そのおかげで私のほとんど何もかもに関する感じ方が一挙に正当化される。今ここで、この決定的な時間に、この道に、この建物に戻るために人混みをよけたり押しのけたりしながら進み、家の鍵を見つけ、玄関の扉を開けた。そしてまったくもって言うに値しないが、エレベーターが動いていないということを自分に思い出させる必要もなかった。そして私はゆっくりと階段を上り、各階ごとに歩きながら一段一段を見下ろし、ある時点で手すりをつかんでいるのに気づき、そんなものなどなしに、ただ上って、各階ごとに段を数えたかったと思った。そしてこれも言っておきたい。私は過ぎた歳月を生き直していたが、心はあらかた空白だった。ただ段数と階数があるだけさ。三階、四階、五階、上って、上って、上って、そしてついには廊下への扉を押し、ポケットの中のしわくちゃで鼻水に汚れたハンカチの下から部屋の鍵を取り出す。今私はこの場にいるのだから、八階分上ったというこんな長くて下らない話をしたことについて謝る必要があるとは思わんよ。なにせ、今の状況だと、どうせ私たちの誰もが覚えてなどいないような、単に頭を過《よ》ぎるだけのこと以外に、話すことなど何もないということになるからな」

テッサ・ベレンスはまるで色を、肌の色を確かめるかのように、自身の両手の甲を見つめる。そして、自分がなぜここにいて、世界のどこか別のところにいないのだろうかと考えている。フランス語か、ハイチのクレオールから派生した言葉の一種をしゃべりながら。

「何年間も、長い年月の間、私は小さなノートに書き続けてきたわ。閃きに、思い出に、言葉。次から次へとノートを変え、今ではものすごい数が戸棚や机の引き出しやなんかに積み上がっていてね。それでたまに昔のノートを見返してみると、自分がかつて書くに値すると思ったことを読んで驚かされるわ。言葉は私を死んだ時間へと連れ戻すの。小さな青いノート、たぶん三インチかける四インチぐらい。上着のポケットに忍ばせるためよ。

まだまっさらでこれから埋めなきゃいけないのが、家に何十冊もあるわ。どこへ行くにも二、三冊は持ち歩いて、見て、聞いて、ページに何かしら走り書きするの。自分用の日誌ね。私以外の誰にとっても何の意味もない。数秒後には線を引いて消しちゃう詩の一節のこともある。スーパーマーケットの棚の商品だったり、パッケージのデザインだったり、製品名だったりすることもあるわね。ノートを取り出し、ボールペンを取り出し、あとはその他もろもろも。でも今の私は、とにかく家に帰りたい。ジムと私でね。もしも歩かなきゃいけないないなら、ええ、いいわ、夜明けの中をね。太陽は照っているかしら？　そもそも空に出てるのかしら？　こういうことすべてが何を意味するか、一体誰に分かるの？　私たちの普段の経験は単に停止しているだけ？　私たちは自然そのものの逸脱を目撃してるの？　ある種のヴァーチャルリアリティーを？　こんなことを考えていると、もう黙る時よ、テッサ、って言いたくなるわ。私がそう言う時には、それは自己批判的な発言なんかじゃなくて、ある種の高慢なんだと受けとめてみてね。私は書き、私は考え、私は助言し、私は宙を見つめる。時にはこんな感じで、哲学的な語彙で考え、話すのも自然なことよね？　私たちの中の誰かさんがしてきたみたいに。あるいは私たちは現実的なことを考えるべきかしら？　食べ物とか、避難所とか、友達とか、もしできるならトイレを流すとか？　一番単純な物体に注意を向けましょうよ。触って、感じて、噛んで、口をくちゃくちゃして。身体にはそれ自身の精神がある」

マーティン・デッカーは立っては座る。今再び、彼は立ち上がってしゃべり、どこでもない場所をただただ見つめている。

「もうやめる時、そうではありませんか？　でも僕はその名を目にし続けています。アインシュタインです。路上で暴動を引き起こしているアインシュタインの相対性理論ですよ。それともこんなことを想像するのは、もう遅くて、僕は眠っていないし、ほとんど食べてもいないし、ここに一緒にいる人たちが僕の言うことをほとんど聞いていないからでしょうか。アインシュタインは、僕が第三次世界大戦として言及した、現今の我々の状況を超えたことを語っています。アインシュタインはこの戦争がどんな戦いになるかについて予言めいたことは何も言っていませんが、その次の大きな争いである第四次世界大戦については、棍棒と石での戦いになるだろうと、はっきりと言っています。そして百十年前の一九一二年にさかのぼる特殊理論。草稿には薄いインクに、透かしの入っていない紙が使われていますが、次第に紙質がよくなってインクは黒くなります。これが僕が頭の中に入れて持ち歩いているものです。果たしてそれがいいのか、悪いのか、どうでもいいことなのか、ですが。他に何があるというのでしょうか？　髭を剃る必要がある。それが他の何かです。僕は鏡をのぞき込んで自分に髭を剃る時だと思い出させる必要があります。でもこの居間を出て、洗面所へと足を進めたら、果たして僕は戻れるでしょうか？　鏡の中の顔。微粒子レベルの監視。テクノロジーの君臨する国。二要素認証。ネット上での追跡。自分を抑えられません。言葉が僕を取り囲むんです。時折、僕は有史以前の文脈で考えようとします。敷石のイメージに、洞窟壁画。我々人間の長い記憶の、こういったあらゆる不明瞭な断片。そしてアインシュタイン。陽気にしてくれる言語です。ドイツ語と英語。〝質量のエネルギーへの依存〟。プリンストンのキャンパスを彼と一緒に歩いてみたいものですよ。何も言わずに黙ってね。男が二人、歩いているんです」

それから彼は言う。「それで路上ですよ、路上。窓まで行く必要もありません。人の群れは散り、路上には誰もいません」

　これが、青年マーティンが広げた指を見下ろしながら言っていることだ。

「世界こそすべてであり、個人は何者でもない。僕らはみな、それが分かっているのでしょうか？」


―――――

マックスは聞いていない。彼は何も理解しない。テレビの前に座り、両手を首の後ろで組み、肘を突き出している。

そして彼は空白の画面をじっと見つめる。

訳者あとがき

二〇二〇年十月に出版された、ドン・デリーロの小説としては十七作目となる『沈黙』（*The Silence*）は二〇二二年二月という近未来を舞台としている。ある日曜日、マックス・ステナーとダイアン・ルーカスの老夫婦は、自宅であるマンションの一室に、ダイアンのかつての教え子のマーティン・デッカーと、昔からの友人であるジム・クリップスとテッサ・ベレンス夫婦を招き、テレビでプロアメリカンフットボールの決勝戦であるスーパーボウルを観戦することになっていた。だが、原因不明の突然の停電と、電子機器類、通信機器類の機能不全により――マーティンは中国人の仕業だと主張するが――テレビ観戦は不可能となり、試合に金を賭けていたマックスはひたすら悪態をつく。ジムとテッサは旅先のパリからの帰国途中であったが、彼らの乗った飛行機もこの謎のトラブルの影響で不時着し、命に別状はないもののジムの方が額に傷を負う。診療所での治療後に二人はマックスとダイアンのマンションにたどり着くも、状況が変わることはない。

小品ながらもデリーロらしさにあふれた本作からは、これまでの作品との共通点を数多く見出すことができる。ダイアンは物理学者、『墜ちてゆく男』（二〇〇七年）のニナ・バートスは美術史家、『ゼロ・K』（二〇一六年）のアーティス・マーティノーは考古学者と、近年のデリーロ作品にはたびたび年配の女性学者が登場している。高校の物理教師であるマーティン・デッカーは『特殊相対性理論に関するアインシュタイン一九一二年草稿』の研究に夢中であり、たびたびドイツ語も口にするが、『コズモポリス』（二〇〇三年）の主人公の若き富豪エリック・パッカーも、「英語とドイツ語で」アインシュタインの「特殊相対性理論の本を読んでいた」（上岡伸雄訳、新潮文庫、二〇一三年、一二頁）。マーティンは発生中の事態を第三次世界大戦であると主張しているが（本書、八九頁）、短編集『天使エスメラルダ――9つの物語』（二〇一一年）には、一九八三年が初出の「第三次世界大戦における人間的瞬間」というタイトル通りの内容の作品が収録されている。同じく『天使エスメラルダ』に収められている「槌と鎌」（初出は二〇一〇年）の主人公であるジエロルドは、サッカーについて以下のように考える。

サッカーは世界中で熱狂的に愛されている。球形のボールを使い、草地や芝生で行われ、国全体が高揚や悲嘆に身を悶える。でも、ゴールキーパー以外の選手に手の使用を許さないなんて、いったいどんなスポーツなんだ？　人間にとって両手はとても重要な道具だ。（……）もしサッカーがアメリカの発明品だとしたら、アメリカ人は古くからの清教徒的な本性に導かれて、マスターベーション禁止という原則にのっとった競技を発明せざるを得なかったのだ、とヨーロッパの知識人が唱えたりしないだろうか。

（都甲幸治訳、新潮社、二〇一三年、二一二―二一三頁）

この発想は、本作におけるマックスの「両手が使えないなんてどんなスポーツなのかね？　ゴールキーパーでなければ手でボールに触れてはいけないなんて。まるで正常な衝動を自ら抑圧するみたいだ」（三五頁）というサッカー批判と重なるものである。また、デリーロ二作目の長編小説である『エンド・ゾーン』（一九七二年）は大学フットボールと核戦争を主題としているが、五十年近く前に出版されたこの作品の中で宇宙生物学講師のアラン・ザパラックは、「僕は戦争としてのフットボールという考えは認めないよ。戦争は戦争さ」（*End Zone*, Penguin Books, 1986, p. 164）と語る。同様にマックスは、「スーパーボウルの試合開始前に会場上空を軍用機が飛ぶことについて、「時代遅れの儀式さ。我々はフットボールを戦争になぞらえるあらゆるたとえを超えた先まで来ているというのに。（……）戦争は別の何かであり、別のどこかで起こるというのに」（本書、三八頁）と言う。一九八五年に出版された『ホワイト・ノイズ』では、ジムとテッサの遭遇する事故に類似した飛行機墜落未遂が描き出されている。本作で飛行機の高度がおよそ三万三千フィートから「一万三百六十四フィート」まで低下する（二五頁）のと同様に、「飛行機はエンジンが三基出力を失い、三万四千フィートから一万二千フィートまで降下」し、操縦席から「三分以内で我々はまさしく墜落するだろう。我々の身体はぞっとするような死体がまきちらされた、煙の立つ野原で発見されるだろう」というアナウンスが流れる（森川展男訳、集英社、一九九三年、九八頁）も、奇跡的に機体が安定を取り戻して事故は回避される。

このように、デリーロの一連の著作に慣れ親しんだ読者にはなつかしさを感じさせるところが多々ありながらも、『沈黙』は断じて過去の作品の焼き直しではない。それどころか本作において、八十代半ばに差しかかってなお枯渇することのないデリーロの才能が遺憾なく発揮されているのは明白だが、その理由は本作が「新型コロナウイルス出現の数週間前」に仕上げられた――アマゾンで原書の情報を見るとそのように記載されている――という驚異的事実に求められる。これまでにデリーロは、ケネディ大統領暗殺（『リブラ――時の秤』、一九八八年）や、二〇〇一年九月十一日の同時多発テロ（『墜ちてゆく男』）といった、アメリカ史上の重大事件を主題とした小説を発表してきたが、それにとどまらず彼は予言者のごとく現実の先取りもしてきた。原書が一九九七年に、邦訳書が二〇〇二年に出版され、廃棄物をテーマとした『アンダーワールド』では、世界貿易センタービルとゴミが対比されているが、この大作の訳者の一人である上岡伸雄氏は以下のように述べている。

もうひとつ個人的なことを言わせていただけるなら、こうしたシーンに深い印象を受け、それを論文でも扱っていた私は、また凄まじい衝撃を受けることになった。言うまでもなく、昨年九月十一日の同時多発テロ事件による世界貿易センタービルの倒壊である。あの巨大なビルが本当に瓦礫の山になってしまったのだ。ちょうど『アンダーワールド』を訳し終えた時期だっただけに、デリーロがこれを幻視していたのではないかと思えるほどの既視感を抱いた。オリジナルの装幀にはアンドレ・ケルテスによる貿易センターの写真が使われているのだが、これもまた印象深く、暗示的でさえある。

（「訳者あとがき」、『アンダーワールド（下）』、新潮社、六〇八頁）

『アンダーワールド』執筆時に世界貿易センタービルの倒壊を幻視したに違いないデリーロが、今回は新型コロナウイルスのもたらした惨状を現実に先んじて描き出したと思わず言いたくなる気持ちは、ひとたび『沈黙』をひも解けば、きっと理解してもらえることだろう。もちろん一見したところ、二〇二二年という非常に近い未来を舞台とした本作には、コロナ禍への言及は一切なく、むしろ私たち読者の置かれた状況は、『沈黙』で描かれたものと対になっている。『沈黙』では、人々はウイルスのことなど気にせずに自由に出歩けるし、街頭には人があふれているが、停電と通信機器の機能不全により情報が遮断され、今何が起きているか把握できない彼らは極度の不安に駆られている（なお、本書の第二部では頁の空白部分が非常に目立っているが、これは原書のレイアウトを踏襲したものである。作品全体を通して執拗に繰り返される「空白の画面《ブランク・スクリーン》」という言葉を視覚的に表現するために、このようなデザインが採用されたのであろう)。対して、私たち読者は通信機器は自由に使用でき、好きなだけ情報収集が可能であるものの、コロナ感染拡大防止のため外出や他人との接触の制限といった物理的不自由を強いられている。

だが、表面上は新型コロナウイルスへの言及は皆無でありながらも、先行きの不透明さに恐れを抱いているという点では、私たちと『沈黙』の登場人物たちとの間に違いはなく——私たちはコロナウイルスとその社会への影響について無数の情報を得られるけれども、そのうちのいずれが信頼に足るか判断できず、途方に暮れているのが現状だろう——本作では現実の世界とは一見対になる状況を通して、コロナ禍におけるそれと酷似した人々の不安が非常に巧みに描き出されていると言っても過言ではないだろう。診療所の事務員女性は「ここを出て行かなければならなくなったら、何が起こるかしら? 明かりもなければ、熱もなくて。(……)もし地下鉄もバスも動いてなかったら、もしタクシーも行ってしまったら、建物内のエレベーターが動いてなかったら、それでもし、それでもし、それでもし」(七二頁)と、ジムとテッサを相手に不安を爆発させるが、不透明な先行きへの恐怖から、たとえ今コロナウイルスに感染せずにすんでいたとしても、今後自分に、近しい人に、あるいは社会に降りかかるかもしれない凶事を想像しては、暗澹たる気分になりながら「それでもし《アンド・イフ》」を——声に出さずとも少なくとも心の中で——繰り返したことのある者は、現実の世界においても決して少数派ではないに違いない。

　また本作では、第三次世界大戦における「生物を使った攻撃」の一例として、「炭疽菌」が挙げられているが（八七頁）、生物兵器としても使用されるこの病原体への言及によって、九・一一直後に発生した炭疽菌事件とコロナ禍によるパニックとの類似に気づかされざるを得ない。アメリカでは同時多発テロ発生後の九月から十月にかけて、致死性の高い炭疽菌の乾燥胞子入りの手紙がテレビ局、新聞社、上院議員事務所に送られ、郵便局員、病院職員ら五人が死亡し、十七人に呼吸困難などの感染症状が出た。手紙に「アメリカに死を、イスラエルに死を、アラーは偉大なり」などとあったため、「国外のテロ組織が生物テロを仕掛けてきたのでは」などの見方が広がり、汚れた手紙、差出人名のない手紙が発見されると、郵便局の閉鎖や住民の避難などが行われ、一時はパニック状態に陥った。だが、事件から数年を経た二〇〇七年に容疑者リストに加えられたのは、国外のテロリストではなく、アメリカの陸軍感染症医学研究所の炭疽菌専門家ブルース・アイバンス博士であった。二〇〇八年七月二十九日、彼が罪を認める代わりに、当局が起訴の罪状を終身刑相当にとどめる司法取引の打ち合わせが予定されていたものの、その約二時間前に、アイバンスが自宅で大量の薬物を服用して自殺しているのが見つかった（『朝日新聞』、二〇〇八年八月二十一日付）。コロナ禍においても、炭疽菌事件時と同様に真偽不明のさまざまな憶測が飛び交っており、今年二月下旬には、ロシアの独立系調査機関レバダ・センターが千六百人を対象に行った調査により、ロシア人の三分の二近くが新型コロナウイルスは人工の生物兵器だと考えていることが明らかとなった（AFP、二〇二一年三月二日付）。このような状況下においては、当初「国外のテロ組織」による「生物テロ」と目された炭疽菌事件で、後々浮上した容疑者がテロと何の関係もない、、、、、、、アメリカ人だったこと――もっともアイバンスの単独犯だったのか否か、動機は何だったのかといったさまざまな謎が今も残っているのではあるが――を改めて思い出す意義は決して小さくないだろうし、コロナ出現の直前に作品中で「炭疽菌」にさりげなく言及していたデリーロの先見の明に、ただただ驚嘆するしかない。

だがもちろん、コロナ禍との類似という観点からのみ『沈黙』を読み解く必要はまったくないし、そもそも本作ではさまざまな危機が描き出されている。スマートフォンに支配されるがごとき人間、コンピュータによる人間の監視、都市の脆弱性、気候変動、自然災害、マイクロプラスチックによる汚染などといった、現代社会を生きる私たちが直面せざるを得ない深刻な問題の数々が『沈黙』には散りばめられている。コロナウイルスが収束したところで、私たちの面前には悩ましい問題がいまだ山積しているという厳然たる事実も、本作は突きつけているのである。

さらには、迫り来る地球規模での破局に読者の注意を向けている一方で、本作が思わず吹き出さずにはいられないような諧謔に満ちた作品となっていることも忘れるべきではない。主要登場人物の五人全員にどこか滑稽なところがあり、その言動は随所で読者を笑いに誘う。都甲幸治氏は『天使エスメラルダ』の「訳者あとがき」で、「ロサンゼルスの講演会で見たデリーロ」は「ニコリともせずに真顔で冗談を言い続け」ていたが、「日本ではまだデリーロのそうした茶目っ気が理解されていないのが悔しい」（二八二頁）と記している。『沈黙』はデリーロの「茶目っ気」を知るのにも最適な一冊であるに違いない。

危機的な状況を舞台としながらも、随所に笑いの盛り込まれた本作を翻訳する作業は、当初想像していたよりもはるかに難航した。村上春樹氏は河合隼雄氏との対談の中で、翻訳について以下のように語っている。

英語を日本語に翻訳するときに、なにがむずかしいかというと、代名詞がいちばんむずかしいのです。代名詞をどう処理するかということに翻訳は尽きるのではないかという気がぼくはするのです。（……）それから、たとえば、英語だったらずっと過去形が続くわけですが、ところが、日本語は、「何があった、あった」と続けると、すごく読みづらいんです。それで適当に現在形に変えたりして、ここでも、どんどんもとの言語とは違ったものになっていくのです。

（『村上春樹、河合隼雄に会いにいく』、新潮文庫、一九九九年、五九―六〇頁）

今回私が苦しめられたのも、まさに村上氏が指摘しているこの二点についてだった。『沈黙』の原書は無駄を削ぎ落とした簡素な英文で執筆されており、内容を把握するだけならば英文読解が得意な高校生にも可能だろう。だが、簡素であるからこそ、中学一年生でも知っている「代名詞をどう処理するか」次第で訳文から受ける印象は大きく異なってくる。原典の醸《かも》し出す雰囲気を日本語で正確に伝えるには、各代名詞にどのような訳語を充《あ》てればいいか、あるいはあえて訳さずにおくか、ひたすら試行錯誤を繰り返したこの半年間だった。また、村上氏の指摘するもう一つの問題についても、『沈黙』の第一部は過去形、第二部は現在形で書かれているため、時制の違いを示しながらも日本語として自然な訳文となるよう心を砕いた。推敲を終えた今、本作の魅力を正確であると同時に読みやすい訳文で伝えられていることをただただ祈るばかりである。なお、物語の終盤(一二〇頁)でダイアンが口にする『フィネガンズ・ウェイク』の一節については、柳瀬尚紀氏による訳文を拝借した(ジェイムズ・ジョイス『フィネガンズ・ウェイクⅡ』、河出文庫、二〇〇四年、三四〇頁)。

ドン・デリーロは、一九三六年にイタリア系アメリカ人としてニューヨークで生まれ、一九七一年に『アメリカーナ』で小説家デビューを果たした。二〇二一年はデビュー五十周年ということになるが、これまでに出版されてきた邦訳書のほとんどが絶版となってしまっており、二〇二一年四月現在書店で入手できるのは、『墜ちてゆく男』(上岡伸雄訳、新潮社、二〇〇九年)、『天使エスメラルダ』、そして原書が二〇一〇年に刊行された『ポイント・オメガ』(都甲幸治訳、水声社、二〇一九年)の三冊のみのようだ。また一九八五年の『ホワイト・ノイズ』よりも前に出版された七つの長編小説全てと、『沈黙』の前作である『ゼロ・K』は未邦訳である。デリーロのデビュー五十周年であると同時に、『墜ちてゆく男』の主題であり、アメリカ史に決定的な影響を与えた九・一一から二十年を経た今年二〇二一年に、既訳書の再刊、文庫化のみならず、未訳作品の邦訳書刊行が進むことを心より祈っている。

　絶版となってしまったデリーロの邦訳書のほとんどを無事手にすることが叶ったのは、元々はかつての非常勤先の大学の教え子だったが、今ではすっかり盟友の熊澤貴久君のおかげである。『ホワイト・ノイズ』や『マオII』（一九九一年）といった傑作に触れられたことは、『沈黙』の翻訳の参考にするためという仕事上の目的を抜きにしても、非常に刺激的で有意義な経験だった。熊澤君にはまた、いくつか調べ物をしてもらい、賭博とＩＴ関連の用語について質問をさせてもらった。熊澤君の協力により、訳文の質は著《いちじる》しく向上することとなった。心より感謝申し上げる。

　マーティン・デッカーがたびたび言及している『特殊相対性理論に関するアインシュタイン一九一二年草稿』は、ハードカバーの大型本という形で実在しているが（*Einstein's 1912 Manuscript on the Special Theory of Relativity: A Facsimile*, George Braziller, 1996）、日本の書店で入手するのは難しい。それでも私がこの本を閲覧できたのは、大学院の先輩である菊地翔太さん（専修大学専任講師）のおかげである。現物を見られて本当によかったと思う。マーティンの説明によってどのようなものかはある程度は想像がついたものの、写真であれども、アインシュタイン直筆の草稿が発する迫力は、現物を目にしなければ到底感じ取れなかっただろう。『一九一二年草稿』の四〇頁から一八三頁に草稿が収録されており、右頁がドイツ語による直筆草稿の写真で、左頁が草稿内容の英訳となっている。著作権の問題で写真をここに載せられないのが残念でならないが――なお、『沈黙』の巻頭エピグラフの「第三次世界大戦がいかなる兵器による戦いになるかは分かりませんが、第四次世界大戦は棍棒と石での戦いということになるでしょう」という言葉も、『一九一二年草稿』に「アインシュタイン自身の言葉」の一つとして、他の十七の言葉とともに掲載されている（二七頁）――もしもマーティンに感化されて興味が湧いたならば、大学図書館等で是非現物に触れてみていただきたい。稀少本閲覧の便宜をはかって下さった菊地さんには感謝の気持ちでいっぱいである。どうもありがとうございました。

この四月より奉職することとなった明海大学の上司である小林裕子教授には、どうしても自分の解釈に確信が持てない一文について質問させていただいた。この文の意味を確定できないのは、大学院での専攻がイギリス文学だった――そのことを言い訳にしないために、本書を翻訳する過程でさまざまなリサーチを行ったことは強調しておくが――がゆえに、自分がアメリカの事情にそれほど明るくないからなのだろうと私は勝手に思い込んでいた。だが、小林先生とのやり取りで、あまりにも初歩的な文法の取り違えをしてしまっていたことに気づかされた途端に、数ヶ月間悩まされ続けてきた疑問が一気に氷解した。小林先生、本当にどうもありがとうございました。そして、今後ともどうぞよろしくお願いいたします。

アメリカ文学を専門としない私が、ノーベル文学賞を獲っても何の不思議もない現代アメリカを代表する大作家であるドン・デリーロの作品を翻訳するというまたとない機会に恵まれたのは、水声社の小泉直哉さんのおかげである。昨年十一月頃、小泉さんより「デリーロの新作が出たので訳者を探している」という旨のメールが届き、キャサリン・バーデキンの『鉤十字の夜』(水声社、二〇二〇年)――なお、この忘れられたフェミニスト・ディストピア小説を翻訳する機会を与えて下さったのも小泉さんである――に続いてさらに翻訳の仕事を求めていた私は、即『沈黙』の原書を購入して読み進めた。とても面白い作品だったので是非自分が訳したいと思い、第一部の一、二章の試訳を大慌てで作成し、小泉さんにメールで送信した。まだ企画が通っていない段階でいきなり訳文を送りつけられ、もしかしたら小泉さんは相当困惑なさっていたかもしれないが――そもそも小泉さんのメールに「訳者を探している」と明記されていたわけではないので、私が勝手に誤読してフライングをしてしまっていた可能性も否定できない――後日、試訳をもとにして打ち合わせをしながら、企画書を執筆して下さった。水声社で正式に『沈黙』翻訳の企画が通り、またデリーロ氏ご本人より私が翻訳者となることへの許可が下りた――「ドンが翻訳者を承認しました」というメールがデリーロ氏のエージェントの方より届いた時にはとても感激した――後には、小泉さんには訳稿に何度も赤を入れていただくこととなった。登場人物の口調という作品全体に関わる事柄から、代名詞等のちょっとした細かいミスにいたるまで、自分ではまったく気づいていなかった問題点を無数に指摘していただき、原稿のやりとりをしている間はただただその指示の的確さに圧倒されるばかり――とはいえ、もちろん本訳書に誤訳等の落ち度があるとすれば、それは全て私の責任であることは言うまでもない――だった。『鉤十字の夜』に続き、今回も訳者として起用していただき、また訳稿を細かくチェックしていただき、本当にどうもありがとうございました。

二〇二一年四月二十六日

日吉信貴

著者・訳者について――

ドン・デリーロ（Don DeLillo）　一九三六年、ニューヨークに生まれる。アメリカ合衆国を代表する小説家、劇作家の一人。一九七一年、『アメリカーナ』で小説家デビュー。代表作に、『ホワイト・ノイズ』（一九八五年／邦訳＝集英社、一九九三年）、『リブラ――時の秤』（一九八八年／邦訳＝文藝春秋、一九九一年）、『マオⅡ』（一九九一年／邦訳＝本の友社、二〇〇〇年）、『アンダーワールド』（一九九七年／邦訳＝新潮社、二〇〇二年）、『堕ちてゆく男』（二〇〇七年／邦訳＝新潮社、二〇〇九年）、『ポイント・オメガ』（二〇一〇年／邦訳＝水声社、二〇一九年）、『ゼロ・K』（二〇一六年）などがある。

＊

日吉信貴（ひよしのぶたか）　一九八四年、愛知県に生まれる。現在、明海大学専任講師（現代英語文学）。翻訳家。主な著書に、『カズオ・イシグロ入門』（立東舎、二〇一七年）、『カズオ・イシグロ『わたしを離さないで』を読む――ケアからホロコーストまで』（共著、水声社、二〇一八年）など、訳書に、キャサリン・バーデキン『鉤十字の夜』（水声社、二〇二〇年）などがある。

沈黙

二〇二一年五月二〇日第一版第一刷印刷　二〇二一年六月一〇日第一版第一刷発行

著者――ドン・デリーロ
訳者――日吉信貴
装幀者――宗利淳一
発行者――鈴木宏
発行所――株式会社水声社
東京都文京区小石川二―七―五　郵便番号一一二―〇〇〇二
電話〇三―三八一八―六〇四〇　ＦＡＸ〇三―三八一八―二四三七
［編集部］横浜市港北区新吉田東一―七七―一七　郵便番号二二三―〇〇五八
電話〇四五―七一七―五三五六　ＦＡＸ〇四五―七一七―五三五七
郵便振替〇〇一八〇―四―六五四一〇〇
URL : http://www.suiseisha.net

印刷・製本――ディグ

ISBN978-4-8010-0550-1